临水而歌

王定芳◎著

中国旅游出版社

序言

感悟《道德经》

何士光

我们对老子和《道德经》可以有一个合理的疑问：老子告诉我们的这一切，他是怎样知道的呢？那还是在两千多年以前，老子只用了一句话，“道生一，一生二，二生三，三生万物，万物负阴而抱阳，冲气以为和”，就为我们建立起一个世界和生命的模型，并且，这个一切复杂都源于简单的模型，后来还得到了科学的注释和印证，同样也成了科学用来观测世界的模型，老子是怎样做到这一切的呢？

老子也知道我们会有这样的疑问，所以他在《道德经》里也代我们设问说：“吾何以知众甫之状哉？”然后回答我们说：“以此。”就是凭借一种叫“精”的能量，直接地讲，就是凭借我们的心灵所具有的力量。因为构成我们的心灵的能源，就不是我们知道的电源、石化能源或生化能源，而是我们至今用科学的方法还把握不到的那种原初的能源。那是“死中生有”地把这个世界化生出来的初始的能源，也应该是这个世界里的终极的能源。我们的心灵正是因为拥有这种能量，才能够去和世界交流，并且当我们的心灵完全安定下来的时候，即在老子所说的“致虚极、守静

笃”的状态下，还能够“和其光同其尘”地与世界“玄同”，即与世界全息相应。老子之所以能够告诉我们这一切，是向我们揭示了心灵的这种力量。

更深入地阐述，还需要更多的篇幅。这里我想说的是，老子在回答我们的疑问的时候，就让我们看到了在我们去观测世界和生命的时候，就不是只有如今我们所知道的科学实验这样一种方法论，其实还有另外一条路径，就是生命体验的方法论。在过去，我们的前人就是沿着生命体验的这条路径，去认识世界和生命的。在《道德经》里，老子就把生命体验的路径表述为“常无欲，以观其妙”，而把物质实验的路径表述为“常有欲，以观其徼”。老子为我们总结说，“此二者同出而异名，同谓之玄”，二者同样都根植在我们的世界和生命里，都同样是方法论。我们要“玄之又玄”，即是要把这两种方法结合起来，才是一个完整的观测世界和生命的“众妙之门”。好比一辆车有精神和物质这样两只轮子，才能够平稳地行驶。只是到了后来，我们就只是选择了物质的这只轮子，而忘怀和抛弃了精神的这只轮子。

从老子的身上我们就看到了，我们的传统文化的一个鲜明的特征，就是修正地、感悟地和整体地去把握世界和生命。但自从西学东渐以来，我们就几乎完全地遵从了西方中心主义的视角，乃至完全不自知地丧失了我们优秀的文化传统。于是，我们就只是用学科式的、思辨式的和剖析式的方法来识别老子，所以就不能如实地来看待和了解老子。我们不以为老子的发现有科学性，但老子对世界和生命的发现却得到了自然科学的印证，并且有些发现还是自然科学至今都触及不到的。我们通常也只是把老子归类为思想家或哲学家，但马克思在《关于费尔巴哈提纲》里也说过，“哲学家只是用不同的方式解释世界”，而老子却是在发现和描述世界。在老子这里，老子对世界和生命的发现，是和老子的人生、老子的修为、老子的道行完全地融合为一体的。但在哲学家那里，一个哲学家和他的哲学，却可以是也常常是两件不相干的事情。如哲学家海德格尔，他的哲学对他的人生就没有什么用处，所以也不必有和不会有老子这样的道行。我们这样说吧，有道和有术是不一样的。如果用术去看道，就只会把道矮化为术。如果用道来看术，道就可以是任何术，却不需要任何术。

我之所以要先写下这样一些段落，是因为要先找到一个背景和视角，然后才能来看待和把握王定芳先生的《临水而歌》。这个题目很确切，道就是一片光芒，包括我们的心光，不是比喻，是真情实况。定芳先生没有把道思想化、哲学化和格式化，而是用自己的心灵去感悟它，这也正是道义的真谛。道化作了万事万物以后，就存在于万事万物里，是能够让人活活泼泼地去感受它的。如果我们把道学术化了，倒让人望而生畏了。定芳先生用了散文诗的表述方式，这样的形式和内容也很相宜。《道德经》八十一章，也正如一段段散文诗似的。而定芳先生在《道德经》里采集了一些主题词，仿佛采集了一朵朵的花朵，来作为诗篇的题目，看上去也很清新。这就仿佛中国画里的散点透视，让人阅读起来会更自如、更随意。手边如果有一本，什么时候翻到一篇，心里因此而有所触动了，也会仿佛是一花一世界。

何士光，1942 年出生，贵州省贵阳市人。新时期中国文学的一位重要作家，曾出版《青砖的楼房》《草青青》《雨霖霖》《如是我闻》《今生：经受与寻找》《今生：吾谁与归》等多种小说、散文和论著。其中，《乡场上》《种包谷的老人》和《远行》曾在 20 世纪 80 年代分别获全国优秀短篇小说奖。《乡场上》还被当时的《红旗》杂志所转载。曾为全国政协委员、中国作家协会全委会委员、贵州省作家协会主席、贵州文学院院长、《山花》文学月刊主编。

导言

尊道贵德　崇德尚善

——《道德经》学习札记

王定芳

人到中年，这是一个承上启下的年龄阶段。在这人生分水岭的当下，总是开始回顾过往，追寻今后，细慢思考人生。阅读《道德经》，或多或少、或深或浅都能给我们一些启发、一些参考，辅导我们认真而谨慎地填写人生答卷。

《道德经》并非一本叫人消极应世、无为循世的书籍，而是教人尊道贵德、积极有为的人生智慧宝典。1970 年 3 月，陈鼓应先生在其著作《老子今注今译》“初版序”中专章对这一误解进行了澄清。他直言不讳地说，一般人以为老子思想是消沉的、厌世的或出世的，造成这种误解是由于对老子的重要观念望文生义所致，例如无为、不争、谦退、柔弱、虚无、清静等都曾被曲解。其实，“无为”是顺任自然、不强作妄为的意思，“不争”是不伸展一己的侵占意欲，“谦退”的观念意在不可恃刚凌物、强悍暴戾，“虚无”是形容道体的特征，“清静”是期望人们发展主体的精神空间。2017 年 5 月，我在西安交通大学参加黔西南州直机关党务干部培训班学习，韩鹏杰教授以《道德经与领导智慧》为题，给我

们作了一上午的精彩讲授。2021 年 2 月起，中央电视台综合频道黄金档陆续播出专栏节目《典籍里的中国》。该栏目聚焦中华优秀文化典籍，以“文化节目 + 戏剧 + 影视化”的方式，讲述典籍的成书、核心思想以及流传中的闪亮故事，展现典籍里蕴含的中国智慧、中国精神和中国价值。2021 年 9 月 12 日，《典籍里的中国》播出的内容就是《道德经》。撒贝宁在节目中指出，《道德经》言简而意味深长，质朴而充满哲理，玄妙而顺理成章，是中国哲学的开山之作。外国学者在节目中也坦言，《道德经》是 2500 年前的东方智慧，是关于理性的学说，包含了宇宙论、伦理学和政治学的内容，是一部不可替代的哲学著作。著名作家何士光先生在《秋光里，河岸上——文学与道的随想》写道：“《道德经》所揭示和回答我们的，就是我们一直想知道的世界和生命的真相及其所包含着的规律。”

张岂之先生指出，“道”是中华文化中的核心理念。韩鹏杰教授认为，中华文化的核心就是两个字：“道”与“德”。我一直在阅读岳麓书社 2011 年 5 月出版发行、黄朴民先生译注的《道德经》。这部 5000 余字的《道德经》中，“道”字有 75 处、“德”字有 44 处、“善”字有 52 处。同时，也参阅了一些其他版本，作为学习的拓展与补充。特别是朋友力荐，我又阅读了陈鼓应先生注译、商务印书馆出版发行的《老子今注今译》，又有不少新收获。学习之后的最大感悟和体会就是，人生的智慧密码可简而言之为 3 个字：“道”“德”“善”。这 3 个字构成了人生的三维图谱，建立起了人们探索认识把握生命的本源和规律的基本模型。

周一良先生提出了“深义的文化”概念。他说：“在狭义文化的某几个不同领域，或者在狭义和广义文化的某些互不相干的领域中，进一步综合、概括、集中、提炼、抽象、升华，得出一种较普遍地存在于这许多领域中的共同东西。这种东西可以称为深义的文化，亦即一个民族文化中最为本质或最具特征的东西。”季羡林先生按照“知”和“行”两个范畴，把中国文化分为两部分：一部分是认识、理解、欣赏等，这属于知的范畴；一部分是纲纪伦常、社会道德等，这属于“行”的范畴。在这两部分的后面存在着一个最为本质、最具有特征的深义的中华文化。季羡林先生认为，中国文化中深义的文化蕴藏于知行之间，彰显其伦理色彩，以及解决人与人之间关系的精神。中华优秀传统文化是中华民族的根和魂。通过“道”“德”“善”这3个字根、词眼，我们或多或少也能探寻、探视中华优秀传统文化的内涵要义和价值体系。根据周一良、季羡林两位先生逻辑指引，我们可以作这样的探索性理解，中华优秀传统文化中深义的文化也体现在“道”“德”“善”3个字之中。“道”“德”“善”不是孤立的3个字，三者有着密切的逻辑关联，是浑然一体和融会贯通的。老子虽然只讲“孔德之容，惟道是从”。其实，不论是大德、小德，都必须符合“道”的规范。按照“道”去做，就是“德”。尊道而行，即为“德”。《尚书·咸有一德第八》:“德无常师，主善为师。善无常主，协于克一。”意思就是培育德行没有固定不变的老师，主张善良的就是老师；善良没有固定不变的标准，能够符合纯一的德行就是善良。了凡先生也说:“善日加修，德日加厚。”《大学》开篇就写道“大学之道，在明明德，在新民，在止于至善。”起于“道”，承于“德”，结于“善”。道者，路也，是方向、旗帜，是理念、道理，是规律、秩序，阐述目标导向；德者，得也，是目标、收获，是“道”的具体践行，彰显结果导向；善者，用也，是方法、保障，是尊道贵德的载体，也是解决问题导向的有力措施。可以说，“道”是对万事万物的规律性认识，“德”是对万事万物的主观性践行，“善”是对万事万物的客观性态度。

如果说“道”为天，“德”为地，则“善”为自然。人是“道”“德”“善”的践行者、传承者，人生应当惟道是从、含德之厚，尊道贵德、崇德尚善，秉承“道法自然”“上德若谷”“上善

若水”，推动“三生万物”“营魄抱一”“慎终如始”，必将“利而无害”“如春登台”“功成身遂”。

一

关于“道”的论述，古今多有典著文章和圣贤常人。先有《周易》“一阴一阳谓之道”“形而上者谓之道”等之说，后有老庄孔孟之道，随之而起，阐道述道之人甚多。“道”，作为一种文化元素、生命事理、人生要义，也与我们息息相关。白岩松说，在中国古代哲学文化中，“道”是一个源起。先写一个“首”，再写一个“走之”，“首”就是脑袋，代表思想，“走之”就是行动和步伐；有想法、然后付诸行动，有行动也要伴之以思考。韩鹏杰教授说，人走在道路上，首先面临的问题就是方向、目标，没有方向就会迷茫，没有目标就会流浪；是“道”，就有边界、红线、底线，不然就会“出道”。何士光先生说，我们讲的是道理，走的是道路，修的是道德，担的是道义，还有什么不是“道”呢？所以“道”是世界和生命的本源及其包含着的规律，也是我们中华文化的根本表述。孔孟之道的精髓就是温良恭让、仁义礼智信、忠孝廉耻勇。老庄之道有很多融会贯通的地方，用张岂之先生的话来说就是中华文化的“会通”精神。

“道者万物之奥。”（第六十二章）老子毕生都坚持这么一个观点：“道生一，一生二，二生三，三生万物。”（第四十二章）道是天下万物的主宰，是一切存在的根源和始源，是天下万物生长成长必须遵循的事理法则和自然规律。他关于“道”的阐释玄妙精深，可概括为四个方面的特征：一是无名而永恒。“道常无名”（第三十二章）、“道隐无名”（第四十一章），“道”是永恒的，没有任何名称的，“在品位上、在时序上都先于任何东西，它不受时间和空间的限制，不会因他物的生灭变化而有所影响”（陈鼓应《老子今注今译》)。“道可道，非常道”(第一章)，能够说得出、讲得清具体名状的“道”，不是永恒的“道”。永恒的“道”，则是“吾不知其名，强字之曰道，强为之名曰大。”(第二十五章)老子不知它的名字，干脆称之为“道”，勉强给它取个名字叫作“大”。二是无为而有为。老子明确表明自己对“道”的功用的观点，就是“道常无为而无不为。”(第三十七章)，这也是老子关于“道”的思想体系的主轴。老子希望我们为人、处世、创业，应当顺其自然、遵循规律，知晓“无为”的边界和底线、红线，不盲为，不妄为，不乱为，从而明晰“可为”的目标任务和职责担当，敢作敢为，善作善成，以至达到“无不为”的人生精彩和事业高峰。三是空虚而可用。“道冲，而用之或不盈。”(第四章)老子认为，“道”是空虚的，视而不见、听而不闻、触而不及，但它又是无所不在，可用的，且用之不尽。因为“道”虚，虚则可用，用则不尽。老子还列举了现实生活中三个具体现象来论证自己的观点："三十辐共一毂，当其无，有车之用。埏埴以为器，当其无，有器之用。凿户牖以为室，当其无，有室之用。”(第十一章)轮毂中心是空的，所以助车行驶；糅合黏土制作的陶器，中心是空的，所以可以装东西；门窗中间是空的，所以让房屋通风透气。其实，我们身边也多有这方面例子，杯子中间是空的，就可倒水斟酒；瓶子中间是空的，就可装液体类物品；碗中间是空的，就可盛饭添汤；等等。四是博大而无形。“故道大，天大，地大，人亦大。”(第二十五章)“天下皆谓我道大，似不肖。夫唯大，故似不肖。”(第六十七章)“是谓无状之状，无物之象，是谓惚恍。”(第十四章)“道之为物，惟恍惟惚。”(第二十一章)“有物混成，先天地生。寂兮寥兮，独立而不改，周行而不殆，可以为天下母。”(第二十五章)“道”是博大精深的，所以天、地、人亦如此。同时，“道”也是广博宏大的，不像任何具体的东西，是没有形状的形状、没有具体物象的物象，哪怕硬要将其视为具体物象，也是混

沌模糊而又变幻莫测的，静而无声、动而无形。所以，《道德经》中多见“大方无隅”“大器晚成”“大音希声”“大象无形”“大盈若冲”“大直若屈”“大巧若拙”“大辩若讷”等思辨成语。

《周易·系辞下传》：“《易》之为书也，广大悉备，有天道焉，有人道焉，有地道焉。”《周易·说卦传》：“立天之道，曰阴曰阳；立地之道，曰柔曰刚；立人之道，曰仁曰义。”这里，我们试着从天道、地道、人道三个方面来探索寻老子之道。

——天道为公。《尚书·大禹谟第三》：“满招损，谦受益，时乃天道。”翻译过来就是自满招致损害、谦虚得到好处，这是自然规律。在《道德经》中，老子先后七次提及天道：“功遂身退，天之道也。”（第九章）“不窥牖，见天道。”（第四十七章）“天之道，不争而善胜，不言而善应，不召而自来，繟然而善谋。”（第七十三章）“天之道，其犹张弓欤？”（第七十七章）“天之道，损有余而补不足。”（第七十七章）“天道无亲，常与善人。”（第七十九章）“天之道，利而不害。”（第八十一章）其实“道法自然”之道也是指天道。可以看出，天道即公道，是自然法则、自然规律，讲究公平、公正、公开，大公无私，利而不害，不分亲疏，无所偏爱，所以后人才有了“天下为公”之说。照此推理，“有无相生”“和光同尘”“天长地久”“功成事遂”等，也当属于天道的范畴。

——地道贵实。在《道德经》中，老子虽未提及“地道”“地之道”的字词概念，但从《周易》多次直接提出地道之说（还有《中庸》也有“人道敏政，地道敏树”之说），以及我们经常以地道标准评价厚德之人来看，我们可以从地道的视角，与天道、人道一起解读老子之道。地道是相对天道而言的，天道更多关注宇宙自然中庞大、繁杂、虚空的道理和规律，而地道主要聚集于自然界、大地之上具体事物的生存规则和客观事实。老子说：“物壮则老，谓之不道，不道早已。”（第五十五章）事物强壮过后势必走向衰老，因为它不符合老子所倡导“柔弱胜刚强”（第三十六章）、“弱者道之用”（第四十章）和“坚强者死之徒，柔弱者生之徒”（第七十六章）的道理，既然不合乎这个道理，就必定会早早灭亡。老子又说：“是谓深根固柢，长生久视之道。”（第五十九章）老子认为，这样使根扎得深，使柢长得牢，因为它实践了“长生久视之道”，所以能够长久维持、永远存在。一反一正两个事例，刚好概述了老子关于地道的释义。

——人道明义。《道德经》是一部引导人如何行道的典籍。唐君毅在《中国哲学原论》中将老子的“道”细分成六义，即虚理之道、形上道体、道相之道、同德之道、修德之道、生活之道。老子的“人道”思想主要还是要求我们行道明义，孜孜以求做好人、能人、贤人、圣人，圣人是其终极目标。人当奉行人道主义，懂事理、明大义。《道德经》可见“人”字有 50 处，有文字修饰和思想倾向表述的仅有“圣人”“众人”“俗人”等类，其中“圣人”就有 29 处。后人多把人区分为两类，人有君子与小人之分，“人道”有君子之道、小人之道之别。孔子直奔主题：“君子喻于义，小人喻于利。”君子懂得义，小人追求利。《中庸》以“中庸”为标尺，提出“君子中庸，小人反中庸。”同时又指出：“君子之道，暗然而日章；小人之道，的然而日亡。”就是说，君子之道，虽然隐藏不露但是逐渐彰显；小人之道，虽然外表显著但是逐渐消亡。央视《百家讲坛》文化学者蒙曼说得更是直接：“知道看人背后的是君子；知道背后看人的是小人。”大道至简，老子喜欢从正面入手，简明精辟地讲述自己的思想观点，为后人留下更多思考学悟的空间。谈到君子之道，在《道德经》的最后一句中就四个字“为而不争”（第八十一章）。至于人之道，则是相对天之道提出的：“天之道，损有余而补不足。人之道，则不然，损不足以奉有余。”（第七十七章）这是老子根据当时社会种种不合理现象来辨析天道与人道的，自然规律应当是减少有余的，用来弥补不足，达到一种平衡协调状态，而社会现实却是剥夺不足的，来供奉有余的。老子虽然用较多文字篇幅谈圣人的禀赋、本性与品质，以及如何做圣人的方法路径，一字未提小人或小人之道，就算是常人也鲜有论述，但是他对小人还是提出了批判、对常人作出了批评。“强梁者不得其死，吾将以为教父。”（第四十二章）强暴豪横的人不得好死，我们应将其作为教育人的信条。“大道甚夷，而人好径。朝甚除，田甚芜，仓甚虚。服文采，带利剑，厌饮食，财货有馀。是谓盗夸。非道也哉。”（第五十三章）老子将那些不走正道、不顾民生、敛财屯货、贪图享乐的人称为强盗头子，是多么的无道！同时，老子在《道德经》第二十章中，以“我”为标杆，分别对“众人”“俗人”进行了对比式批评：“众人熙熙，如享太牢，如春登台。我独泊兮，其未兆，如婴儿之未孩；儡儡兮若无所归。众人皆有馀，而我独若遗。我愚人之心也哉！沌沌兮。俗人昭昭，我独昏昏；俗人察察，我独闷闷。众人皆有以，而我独顽且鄙。”这些，都是老子的聪慧之举和睿智之处！

二

有专家指出，如果“道”是老子的自然观和世界观，那么“德”就是老子的人生观和社会观，“德”是“道”的作用和显现，也是“道”的基本特征和外在表现。《周易·系辞下传》：“履，德之基也；谦，德之柄也；复，德之本也；恒，德之固也；损，德之修也；益，德之裕也；困，德之辨也；井，德之地也；巽，德之制也。”这或许是关于“德”基本要素最早、最全的表述，共九个方面：履、谦、复、恒、损、益、困、井、巽。虽然学界对这九个字的释义目前尚无定论，但也为我们探索“德”的要义提供了理论性、方向性、指导性的重要参考。不管怎样，“德”都是我们的生命所在、价值追求。人们都说，读《尚书》能知先贤治政之本、知朝代兴废之由、知个人修身之要。这部典籍，通篇几乎是兴民生、倡德政、重德行。对君主而言，就是“常厥德，保厥位。厥德匪常，九有以亡”。君主只有经常修养德行，才能保住自己的帝位；不能经常修养德行，国家就会因此而灭亡。对朝臣来说，就是“臣为上为德，为下为民”。要求臣子在上要让君主实行德政，在下要为百姓着想。所以《礼记》云：“大上贵德，其次务施报。”上古时以德为贵，后世才讲究施惠与回报。修德行善要有一定的施惠之举，也期有相应的吉顺之果。在老子看来，“德”是有层次可循的，也有高下之分、大小之别、隐显之存的。我们不妨从以下三个方面试述老子的“德学”。

——玄德深远。“玄德”一词在《道德经》出现4次，分别是：“生之，畜之，生而不有，为而不恃，长而不宰，是谓玄德。”（第十章）“生而不有，为而不恃，长而不宰。是谓玄德。”（第五十一章）“常知稽式，是谓‘玄德’。‘玄德’深矣，远矣，与物反矣，然后乃至大顺。”（第六十五章）在老子看来，玄德应具备以下三个特征：一是“知稽式”。懂得法则、知晓规律，坚持遵道而行、修养品德。“生而不有，为而不恃，长而不宰”就是例证。这也是所有“德”都必须具有的基本特征。二是幽奥深远。精微玄妙，莫知难测，藏而不露。王弼解释说：“凡云玄德，皆有德而不知其主，出乎幽冥。”《庄子·天地》：“其合缗缗，若愚若昏，是谓玄德。”比如，“三生万物”“天网恢恢”等，仿佛一种意识、一种意象，只可感知，难以描述。三是“与物反”。河上公认为：“玄德之人，与万物反异，万物欲益已，玄德施与人。”这既是一种逆向思维和辩证思想，又指出玄德之人应具备的胸怀格局和品德情操。我们认真研读“少则得、多则惑”（少得多惑）“不为而成”“报怨以德”等，就能够或多或少明白老子的良苦用心。照此推理，要想修成玄德，古往今来，除圣贤之人，其他人都没有达到这一境界。可以说，玄德之人，就是圣贤之人。

——上德有德。“上德不德，是以有德。”“上德无为而无以为。”（第三十八章）上德即上乘之德，用今天的话说就是高尚品德。老子认为，上德之人不自恃有德，不标榜自己有德，谦虚处世，所以这才是真正的有德，也是我们大力倡导的德行。老子还说“上德若谷”（第四十一章），真正崇尚的品德，表面上看来好像是虚空处下的山谷。这其实也是在讲一种谦虚的品德。《周易》六十四卦，除第十五卦“谦卦”六爻全吉外，其余卦爻皆有吉凶。《尚书》亦云：“满招损，谦受益。”《了凡四训》第四篇就是“谦德之效”，也主要谈论谦虚，诸如“惟谦受福”“此心果谦，天必相之”等。上德也是一种美德，是一个修养德行的素质和格局。“修之于身，其德乃真；修之于家，其德乃余；修之于乡，其德乃长；修之于邦，其德乃丰；修之于天下，其德乃普。”（第五十四章）这种美德体现在个人身上，叫作纯真之德；体现在家庭，叫作有余之德；体现在乡村，叫作长久之德；体现在邦国，叫作博大之德；体现在天下，叫作普惠之德。“德不孤，必有邻。”（《论语》）孔子一直坚持这样的观点，有道德尤其是品德高尚的人不会孤独、孤单，定会有志同道合的朋友，志同道合的团队，将永远走在充满希望的大道上。所以，能够“出生入死”的人定是真朋友，能够“知足不辱”的人定将成功业，能够战胜自己的人定可成强者（“自胜者强”）。

——下德无德。下德是相对上德而言的，老子认为，上德是无心的自我修行，下德则是居心的刻意表现，二者的动机是截然不同的。所以“下德不失德，是以无德。”“下德无为而有以为。”（第三十八章）下德之人有所作为，并故意示自己的德行，这不是真正的有德，其实还没有达到“德”的境界。下德还算有些“德”的，只不过“德”层次低、分量轻罢了，如果连这些都丧失了，那就是真的无德了。关于有德与无德，老子作出这样形象精辟的比喻。“是以圣人执左契，而不责于人。有德司契，无德司彻。”

（第七十九章）他说，圣人保存借据的存根，但不急于索求偿还，有德之人就像手拿借据的人那样宽裕从容，无德之人则像掌管税收的人那样苛取擅利。因为老子与上古圣贤一样倡导德政，不与民争取利，不结怨则怨自解，于是他提出了“报怨以德”的观点。“重积德则无不克”（第五十九章），老子也希望大家多行积德之举，因为不断积德就没有什么不能战胜的。积德赋能，德行之人没有过不去的坎，没有涉不过的河，没有爬不上的山。这与《了凡四训》“力行善事，广积阴德，何福不可求哉”文脉是相通的。

三

“善”，是尊道贵德、悟道修德的方法路径，是知行合一的具体历练，也是认知论与实践论的融会贯通。老子在《道德经》中反复强调了善的重要性、什么是善、如何为善，鲜明阐述了自己对待善的态度和原则。“水善利万物而不争，处众人之所恶，故几于道。”（第八章）因为水善于帮助万物生长而不同万物相争，处下不张，藏隐不显，就像圣人一样，“自知不自见，自爱不自贵”（第七十二章），所以最接近于道。可以说，无“善”则不“道”，更不“德”。“皆知善之为善，斯不善已。”（第二章）只有知道了什么是善，才能知道什么为不善，这是典型的辩证思维逻辑。老子还说：“善者，吾善之；不善者，吾亦善之；德善。”（第四十九章）他对待善与不善的态度也很明确，仍然还是善，这样就能促进更多的人尚善近德。在《尚书》《论语》《大学》《礼记》等诸多国学文化典籍中也多有关于“善”的论述。《了凡四训》就是一本劝人“力行善事”的经典，影响深远。全书分“立命之学”“改过之法”“积善之方”“谦德之效”4 章共 11693 字，章章有“善”字计 88 个，告诉人们什么是善、如何行善以及行善之后的结果。其中“积善之方”一章就有 60 个“善”字，留给后人“积善之

方”共有十法，即：与人为善、爱敬存心、成人之美、劝人为善、救人危急、兴建大利、舍财作福、护持正法、敬重尊长、爱惜物命。我们应当按照老子的指引，识善、行善、善为，为传承和弘扬中华优秀传统文化尽绵薄之力、做积极贡献。

——存养善心。善由心生。善心，本质就是对待物事的态度。西汉名臣王吉以自己的仕途历练和日常感悟，总结出了一句六字箴言“言宜慢、心宜善”并坚持践行，使他在仕途中度过了各种考验和风险，10 年间从一名知县成长为朝廷重臣。其中的“心宜善”，就是要保持一颗善心，与人为善，秉承“行善最乐”理念。后来，他把这六字箴言定为家规。其家族山东琅琊王氏家族从东汉至明清 1700 多年间，走出了 36 个皇后、36 个驸马、35 个宰相，成为中国历史上最为显赫的家庭，被称为“中华第一望族”。《道德经》第七十九章写道：“天道无亲，常与善人。”说的就是天道对任何人都不偏爱，它总是亲近帮助善良的人。“致虚守静”“燕处超然”都是存养善心的最佳方法和客观选择。“午后禅坐。端详一幅照片，推开一扇心窗。”让心灵达到虚空无名的极致，这样就能保持最高度的清静，将真诚对待物事的善心存放于山水之间，归于自然之中，最终必定产生“虚能容天地，静可纳万物”的效能。“心安即故乡，超然则豪宅。”我们不拒绝优美的环境和美好的生活，关键是能够处之泰然，不沉溺于其中，始终保持一种向上向善的心态。

——力求善行。《礼记》：“修身践言，谓之善行。”修养自身，实践所言，叫作善行。善行的最高境界当属“上善若水”。老子以水喻善，以形象阐述抽象。他认为，在天地万物中，水最接近于道，“善”的最高境界就是像水一样，善于滋润万物生长而不同万物相争，总是停留在一般人所讨厌的低下潮湿之处。这一观点，一直影响着世人，被人们广泛认同。《淮南子》这样描述水的道行：“上天则为雨露，下地则为润泽，万物弗得不生，百事不得不

成，大包群生而无所私，泽及蚑蛲而不求报，富赡天下而不既，德施百姓而不费，行而不可得穷极也，微而不可得把握也。击之无创，刺之不伤，斩之不断，焚之不然，淖溺流遁，错缪相纷，不可靡散。”淮南子认为，真水无形，无所公而无所私，无所左而无所右，与天地鸿洞，与万物始终，具有着至高无上的德行。所以，悟道修德的最好办法，就是追求水“善利万物而不争，处众人之所恶”的格局境界，学习水“居善地，心善渊，与善人，言善信，政善治，事善能，动善时”的处世原则。《尚书·说命中》：“虑善以动，动惟厥时。”上古圣贤们就有了这样的理念，考虑完善才能行动，行动要掌握好时机。“事善能，动善时”与“虑善以动，动惟厥时”是一脉相承的，思想是相通的。善行即善为，其回报又将是什么呢？老子从多个方面给出了答案。他说：“善行无辙迹；善言无瑕谪；善数不用筹策；善闭无关楗而不可开；善结无绳约而不可解。”（第二十七章）“善建者不拔，善抱者不脱。”（第五十四章）分别列举现实生活中的善行、善言、善数、善闭、善结、善建、善抱等现象论证了善为的完美结局。善言也是善行善为的直观表象，所以老子倡导“希言自然”“知者不言”，劝导“多言数穷”“美言不信”。

——据实善鉴。《了凡四训》指出：“善有真，有假；有端，有曲；有阴，有阳；有是，有非；有偏，有正；有半，有满；有大，有小；有难，有易：皆当深。”善的对立面是恶，但二者并不是一辈子的敌人和永远的对立，它们有时亦敌亦友，相互转换。王阳明先生曾经这样辨析善与恶：“天生万物和花园里有花又有草一样。哪里有善恶之别？你想赏花，花就是善的，草就是恶的。可如有一天，你要在门前搞个草坪，草又是善的，草里的花就会被你当成恶的了。这种‘善恶’都是由你的私意产生，所以就是错误的。”“黄金在人手上，肯定是善的，可如果它在你胃里就会伤害人；粪便在人看来恶臭难忍，像是恶的，但却可以让庄稼生

长，在老农心中，它又是善的。”不管怎样，在现实生活中，在一定的时间阶段里，善就是善，恶就是恶。我们应坚持从真与假、端与曲、阴与阳、是与非、偏与正、半与满、大与小、难与易等角度辨析善恶之分。更重要的是，还应遵循客观规律，结合具体实际鉴量善的大小多少之别。袁了凡先生始终秉持这样的观点："有益于人，是善；有益于己，是恶。”这就是辨析善与恶最客观、最朴素的标准。他曾“许行善事一万条”，设置空格一册《治心篇》，“所行善恶，纤悉必记”，其母在家相助为善，完成了三千的任务，与一万的目标相距甚远，于是感慨“何时得圆满乎？”晚上梦见一神人告诉他“只减粮一节，盛行俱完矣”。袁了凡先生按照神人的指点，将原来每亩收租二分三厘七毫减至每亩收租一分四厘六毫，每亩减少了九厘一毫。后来，幻余禅师从五台山来，他将此事告诉了幻余禅师，幻余禅师赞曰："善心真切，即一行可当万善，况合县减粮，万民受福乎？”这个故事很能说明“善”大小多少的内在关系。当权者，秉持公仆之心，吃透政策要求，深入调查研究，广泛征求意见，每作出一项顺民心得民意的民生决策，就将有成百到千上万的群众受益，实谓“为官一任，造福一方”！《道德经》中“光而不耀”“大成若缺”“正言若反”等，就是一种善鉴的成语表达。“光而不耀”，有光，能发光，可以照亮别人，自己又不刺眼炫目，不自我表现，这就是一种“有益于人”的“善”。“大成若缺，其用不弊”（第四十五章），完美的东西好像存在着缺失，可是它的作用永远不会衰败。大象无形，人无完人，观势看主流，察人重优点，这是含蓄、包容的“善”。“正言若反”与良药苦口、忠言逆耳相近，过程负能量，结果正能量，我们当以结果为导向，辨识这样的真善。

——秉持善恒。常言道，人做好事不难，难的是一辈子做好事。滴水穿石也在昭示着同样的道理，如果水滴不持久地靶向石块滴落，是不可能产生穿石效应的。老子认为："是以圣人常善救人，故无弃人；常善救物，故无弃物。是谓袭明。”（第二十七章）圣人救人不是一时兴起，救物也不是一时心动，而是一种日常行为，一种善为习惯。在老子看来，这就是一种内在的聪明和因循常道之理。所以，真正意义的善行善为，得保持一颗恒心、坚持定力、讲究坚守，犹如读书学习，需活到老、学到老。比如，“善贷且成”。客观来讲，是指导“道”善于辅助万物开始，并推动万物走向成熟，自始至终都在彰显善为善果。主观而言，就是倡导人们做好事要做到底，既然帮助别人，就得持续而为，直到问题得以解决、难事终将办成，这也是一个人一种“善”的执守和修成。又如，“慎终如始”。老子直言：“慎终如始，则无败事。”（第六十四章），这是我们今天耳熟能详的经典名言，其中的基本要义和深刻内涵，不言而喻。一说大家都懂，关键是我们能否用实际行动去践行，赓续一种优秀的传统美德。

目　录

第一辑　道法自然

第二辑　上德若谷

第三辑　上善若水

附　录

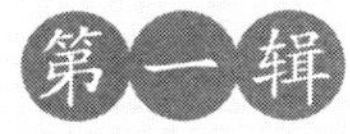

道法自然

人法地，地法天，天法道，道法自然。

——老子《道德经·第二十五章》

有无相生

故有无相生，难易相成，长短相形，高下相倾，音声相和，前后相随。

——老子《道德经·第二章》

活着，就是一口气的旅程。呼出、吸入，简单而重复的两个动作，一直在维护着生的命运。

生命源头，一定是心的家园。

心气本相连，心动则气流。

于是，目光与气同向，行走天地人间。

心平气和时，天空一无所有。平时小心翼翼的薄云，在天涯沉睡不醒。空气的境界，被万里无云解说得一清二楚。

心若有所思，气便运动起来，默契配合，天衣无缝。想让天空内容丰富，气便以云的身份漂泊集聚，要么白云如练，要么彩云如霞，要么黑云如墨。想让大地形式多样，云便邀请阳光，或者风和日丽，或者沐风浴雨，或者急风骤雨。

天地配，万物生。气是忠实的执行者，阳光是忠诚的见证人。

我们关注的，往往是美好的结局，很多时候都忽略了精彩的过程。

我们需要禅述，这种最智慧的表达。

不只有无，还有难易、长短、高下、音声、前后；更有远近、轻重、大小、得失、取舍……

比如，阴阳，变成太极的格局。简洁得让我们无话可说。

比如，东西，有时相隔千山万水，有时就是实际物件。

反义词，一种逆向思维的客观存在，并非怒目相视的文字。被我们误读了这么多年。

人，其实是没有反义词的。但我们总是在有无中探索，在难易中奋进，在高下中沉浮，在音声中享受，在前后中争先，在远近间奔波，在轻重间掂量，在大小间平衡，在得失间抉择，在取舍间考量……

不必置身事外，也不刻意身处其中。

世间本没有无。如同道路。

想好了，就那么回事；想通了，就那么简单。

题记译文

所以，有和无通过相互对立而产生，困难和容易通过相互对立而形成，长和短通过相互对立而显示，高和下通过相互比较而存在，音和声通过相互协调而和谐，前和后通过相互对立而出现。

和光同尘

挫其锐，解其纷，和其光，同其尘。

——老子《道德经·第四章》

我或许就是经久不息的风，与空气共存同频。居住在光与尘之间，有时流光溢彩，有时融入风尘。

我匆匆经过你身旁，也只是一阵风的时间。你可以伫目投笑，也可以熟视无睹。我的持久存在乃至骤然出现，都不会影响你的行走和行程。

我非常乐意作为光和尘的使者，履行风的使命。

吹拂天地人间。

和其光。我就是光天化日之下的一粒光种，种植在天空之中，努力长出一片光芒。

我小如纳米，你不一定看到我，但我真实地存在着。并且，能照耀身心。

我趋左而飞，风势较大，仿佛连日晴天。但不扫除一切，包括善恶、美丑，以及新旧。所到之处，吹落枯枝败叶，吹生新芽花朵。

身居阳光世家，不以光耀自持。

同其尘。以一首唐诗注册自己，踏歌起舞："白日不到处，青春恰自来。苔花如米小，也学牡丹开。"

我不偏右而行，不会歪歪斜斜地走出一条自我封闭的道路。

坚定地向往大地，删除小我，改成土壤，写就人间生机盎然的大文章。

哪怕是尘土飞扬，也要风尘仆仆。

不因携尘而自卑。

和光同尘。我又回归到风的角色。

与光辉和谐一体，与尘埃协同一致。仰面阳光，摆正位置；俯视尘土，打成一片。我不在乎你是谁，但我知道我是谁。

无我，有你。

小我，大你。

弱我，强你。

我一直这么认为，也一直这么做的。

不管你走远走近、生老病死，我都这样生活在光尘之中。

纵使归去，也以风为碑。

它藏匿着锋芒，化解着纠纷，蕴含着光泽，混同着尘垢。

天长地久

天长地久。天地所以能长且久者，以其不自生，故能长生。

——老子《道德经·第七章》

天之下，地之上，是人间。

人是时空的一种存在，也是万物之一。在天地间，见证时空亘古和万物生息。

立足大地，仰望天空。与物类比，掂估自己的分量，扮演自己的角色，摆正自己的位置。一个人之于社会，一棵树之于森林，一滴水之于江海，是不是同一种逻辑关系？

现实的庭院里，草木冷静不起来。心愿仿如出墙的红杏，几度春秋，热烈不已。

天地铺展成人生的试卷。“天长地久”是生命问题最标准的答案。

“但愿人长久，千里共婵娟。”作为第三方，月亮也有发言权。

以天为榜样吧，唯自强不息，方苍天长存。以地为表率吧，因厚德载物，故大德永久。以人为镜鉴吧，用爱人的言行必然照出人爱的结果。

敬天，重地，爱人。

如果没有私心杂念，就无所谓人生几何、生命短长。

何必为谁生、又何必为谁死。生死之间，能否问出价值的归向？

如果不自生，就不会自灭。本来永存的物质，就应当让自生自灭成为谎言，承载不了自己的思想。

天行道则长，地运德将久。
人间，若无私，必有爱。
爱，是天长地久的基因。

苍天长存，大地永久。天地之所以能够长存永久，这是因为它不为自己而生存，所以能够长久生存。

功成身退

> 功遂身退，天之道也。
>
> ——老子《道德经·第九章》

目标，奋斗的靶心。身之所趋，心之所向。

欲望之箭，箭指靶心。我们不能都把欲望想象得那么坏，甚至不可饶恕。宽容一个词语，需要整个语言的境界。

欲望，原本就是一种正儿八经的想法。

一个人，从某种念想萌芽，生长着持续的梦想，直至笃定的理想。这是自然而然的事，也是大家分享事实之后的共识。

追求功名，天经地义。没有对错之分，更无是非之别。

功名，是功成之后的成功！

但是，功成未必成功。关键在于，功成之后，态度决定成功。

有时，对待功成比追求功名更重要。

文明的沃土上，平凡的成语，铸造精神的石砖，铺就通往成功的道路。

一字一星光，一语一星辰。在凡尘心空，闪耀着睿智的光芒。

唯有梦想，方去追求；唯去追求，方有境界；唯有境界，方成格局；唯成格局，方可担当；唯可担当，方能成功。

只在乎有幸轰轰烈烈地参与其中，不在意无缘热热闹闹地登台亮相；只为曾经的付出自我点赞，不为当下能否记功受奖而忐忑忧虑；只求用心用情用力，不必争名争利争功。

每一个战士的未来，不可能都是将军。

功成不必在我。但是，功成必定有我！

一路走来，风雨彩虹。
不如归去，最美的风景，依然在来时的路上。
深藏功名，永葆成功初心，镀亮英雄本色。
如此而已。事实如此。

功成身退，这是自然的规律。

营魄抱一

载营魄抱一，能无离乎?

——老子《道德经·第十章》

有时，仰望苍穹，我不知道我是谁。

肉体还在地上鲜活，精神难以上升到流星的高度。

白云来回刷新天空的存在。

刷出一片蓝天，却没有海的形象。

有时，俯视池塘，我看到了自己的一部分。

熟悉的脸庞，是刻录人生的光盘。渐稀渐白的头发，努力地读着渐行渐短的岁月。

纵使往事悠悠，故事越来越多。

虽然有些朦胧，但轮廓分明。真如时间，最讲原则。

一池水，足可以澄清一个人的身心。

只有静立镜前，才看到了完全的我。

顺着发丝，梳理往事。刮胡刀紧贴两腮，涤除生长烦恼的痕迹。整装待发，又将启动行色匆匆的模式。

昨夜未做完的梦，让人没有一丝察觉。

追赶日子的生活，身影如同背影，今天将成过往。

现实是，习惯于关注现象。

为什么非要强调形式与内容的统一?

为什么非要强化理想与现实的吻合？

为什么非要求证我是自己，抑或自己是我？

我本是自己，自己根源于我。春夏秋冬，一年四季；风花雪月，自然之景；悲欢离合，人生乐章。

一些事情，想法是好的，但由不得自已。

精神和形体合二为一，能做到不相分离吗？

宠辱若惊

得之若惊，失之若惊，是谓宠辱若惊。

——老子《道德经·第十三章》

最适合独处的方式，就是端坐秋水北岸。

仰卧成大地，以湖为镜，凝视天高气爽，雁字南飞。

一路追逐、憧憬和实现对美好生活的向往。

在天空一路飞来，虽未跋山涉水，不经历坎坷，但一定迎风化雨、遭遇颠簸。

它们安静地飞翔、平稳地飞越。时而掠过湖上，也惊不起一丝波纹；时而穿过云层，亦不制约行云流畅。

偶尔一声鸣啼，也是在提醒个别大雁千万不能掉队。

所见所闻所遇，只不过是一种历练。最多也是一路风景，因为毕竟将会时过境迁。

不图他利，唯存己心。

人生的抉择要用一生的坚守去兑现。

大雁知道有人在地面上观摩它们的飞行？

不然，一群群大雁就像勇往直前的士兵，常态化飞成“人”字形，或者摆出“一”字长蛇阵？

是不是也在暗示地面上的一些人，不能闹情绪，破坏团结，应该言行一致，心往一处想，力往一处使，一路前行，一起向未来？

一秋镜湖，读懂四季。

一行雁阵，演绎人生。

携风而立。禅思季节循回，以其时光一路向前。

季节没有战胜时光，时光也没输给季节。

在客观公正的岁月面前，谁都不是赢家。

有人说，受宠若惊。只不过是一句客套话而已。

还隐藏着形式主义、官僚主义的影子。

真的如此吗？

题记译文

得到宠辱感到惊恐，失去宠辱也感到惊恐，这就是说，得宠和受辱都感到惊恐不安。

功成事遂

〔兼以致敬辛丑年〕

功成事遂，百姓皆谓："我自然。"

—老子《道德经·第十七章》

1▲【正月建寅（虎月）】

牵着一头牛走来，时光镀亮春色。

初生牛犊不怕虎。哞哞声起，绵绵弦音，铿锵鼓韵，击退寒风冷雨，奏醒冬眠的土地。

岁月如歌，未来可期。

2▲【二月建卯（兔月）】

二月春风，挥剪而舞。剪除的枯槁，压实大地凡尘。

一芽鹅黄，几许青草，足以让兔子衣食无忧，对这个季节满怀感恩。

牛奔向草叶。与兔无争，各食其食，和睦相处。

闲赏莺飞草长，静候春暖花开。

3▲【三月建辰（龙月）】

飞龙在天。希望之光，围绕太阳闪烁。因为阳光照耀，我们触手可及。

春牛耕地。领会飞龙的旨意，勤劳不息。春牛每向前奋蹄，我们就更加接近粮食。

击壤而歌。来自远古的表达，也是一种质朴的敬仪。

4▲【四月建巳（蛇月）】

节气已到，就不用引蛇出洞了。

蛇不再懒惰，在阳光热烈的氛围下匆匆穿行于庄稼地里。

牛蹄踏响土地，任由主人鞭策。它必须赶在芒种之前让水稻找到归宿，培植下步的蛙声一片。

牛很明白，做牛当做孺子牛。

知时节，办农事。

5▲【五月建午（马月）】

牛年马月，并非不可企望。远在天边，近在眼前。

就是此年此月。

积德厚报，善因善果。

一些想法，以及一些事情，不能说风马牛不相及。

一切皆有缘，一切皆是缘。

水流有源，事出有因。

6▲【六月建未（羊月）】

牛绑定了庄稼。想起人们手上热气腾腾的饭碗，就闲不下来。要么吃草，要么耕作。

羊在山上自由啃吃翠绿。虽然与庄稼无关，但也无意中丰盛了餐桌上的菜肴。一时为己，最终为他。

世间物事，有时有目标和没有目标，目的都一样。

7▲【七月建申（猴月）】

七月流火。《诗经》里记载的收获历历在目、记忆犹新。

熟黄的玉米，满嘴呲笑。

艰苦奋斗过来的老黄牛，已然明白：对待成果，绝对不能学

猴子。

欲望，掰落一地败局。

8▲【八月建酉（鸡月）】

水稻是庄稼的智者。用成熟的本色，演绎田野的盛典。

沉甸甸的金碧辉煌。兑现三月的憧憬，支付四月的耕耘。

不用鸡鸣提醒，牛仍然早起。拓荒之牛，不会停止对土地的翻垦。

唯有创新拓展，方可持续功成。

9▲【九月建戌（狗月）】

粮食在没有做成面包之前，狗不理。狗不管闲事。

深秋里，牛气冲天。是理直气壮的表现，也是理所当然的表达。

凭实力说话，靠勤奋成功，都会获得点赞：

牛，牛，真牛！

10▲【十月建亥（猪月）】

六畜兴旺。猪肥壮起来，过年就有了底气。

牛还得打起精神，行走在土地之上。翻晒板泥，让害虫在严冬下曝光。

挥洒冬天的阳光消杀，增强土地免疫能力，促使来年五谷繁育生长。

11▲【冬月建子（鼠月）】

冬月，老牛和老鼠成为志同道合的老朋友。

子排十二地支之首。老鼠选择处下、隐后，守道于大雪、冬至两个季节之中。

好朋友相互学习，老牛紧随其后。藏粮于仓不居功，在老圈里安静地吃粗粮、嚼枯草。

12 ▲【冬月建丑（牛月）】

牛年牛月。

牛与牛相遇。经年守望，相约成真。

牛得一而生。勤劳的牛把先贤的思想读成了自己的哲学。

一个人牵着一头牛，走在田野上，是一件耕耘希望的美妙农事，宛如天上人间！

三牛为“犇”。深冬的匝道口，一群牛奔向春天里，看见了诗和远方。

梦想成真，皆大欢喜。

一切都好，好上加好。

功名告就，事业成功，老百姓都说：“我们原来就是这样的”。

见素抱朴

见素抱朴，少私寡欲。

——老子《道德经·第十九章》

一缕没有染色的生丝，一根未曾雕琢的原木。

一丝一木，勾勒整个自然界。

一幅天地人间最简洁的写意画。

更多的留白，铺展一片广阔的意境。

想起一个字。

一撇一捺，可以书写大写的“人“字，不可以工笔描绘人生。

双手合十，伸向天空，双脚叉开，稳稳站在大地上。这是人在天地间的本原形象。

假如，拾起没有染色的生丝，拿着未曾雕琢的原木。是想制作五颜六色的衣裳，还是准备建造富丽堂皇的宫殿？

人们似乎开始有了其他想法。

怎一个人字了得！

加上一横，将双手放下，左右平平伸直，则有了大的模样。

若是再加上一横，头顶物什，与伸直的双手平行，让欲望升起，幻想着出人头地。一旦物什倾斜，则将颠覆自己，那就离死亡不远了。初生的草木，容易夭折。

若是添上一点，则非太即犬。太，过犹不及。人与犬，何止是两笔画的悬殊，本质不同，相距甚远。

举起生丝和原木的旗帜，照着自然这面大镜，只看见本原与朴质，只目睹简单的存在和真实的现象。

大道至简，大爱至真，从一而九，九九归一。

一花一草一春天，一山一水一世界，一人一物一社会，一生一死一人生。

简单是一种丰富的方式，有着纯洁的外延，以及朴素的内涵。

在简单的岁月里，我们读着“人之初，性本善”，却记不住“性相近，习相远”；在简单的光阴里，我们追求返璞归真，用阳光曝光虚伪和狡诈；在简单的生存中，私欲没有存活的空间，很多事情并没有想象中的那么复杂。

上人若素，上品若朴。

人字没有繁体字，简单了，好记好写。

生活没有后悔药，真实点，能屈能伸。

外表如未经染色的丝绸一样纯洁，内心如没有加工的原木一样朴素，减少私心杂念，摒弃各种欲望。

如春登台

众人熙熙，如享太牢，如春登台。

——老子《道德经·第二十章》

新年的第一天必将有第一缕春风从风雪归处吹来。

温暖和希望正在来时的路上，沿途焐热冰冻，敲醒山水。

既然不约而至，那就一路前行吧。

春天一到就提醒我们，对美好生活的向往。

春天在唐诗中如鱼得水。一片叶，足以阐述春风又绿江南岸。一朵花，足以描绘万紫千红总是春。一个景，足以证明春天带给人类的美好福祉。

在离春天不远的地方，我们相约登台，且歌且舞，醉饮春风，畅浴春光，共享春景。

美哉！

足矣！

美不自美，是春天的个性。美美与共，是春天的胸怀。

在春天的思维里，登台是踏青的最佳抉择。

人多些，我们不浪费春天。站高些，我们不偏见春天。看远些，我们不辜负春天。

有时，平台比道路更突出，感悟比体验更深刻，眼光比目标更长远。

平台，是诗歌的分行，也是远方的驿站。有了平台，就将有诗和远方。

登上平台，点燃烽火，驱逐尘雾，照进渐行渐远的梦想。

向前方，惟笃行。踔厉奋发，不负春光。

登高望远，春暖花开。

让我们一起向未来！

人们熙熙攘攘、兴高采烈，如同参加盛大的筵席，如同在春天登上高台眺望美景。

道法自然

人法地，地法天，天法道，道法自然。

——老子《道德经·第二十五章》

自然是时空的智能终端和终极载体。

千古网络，强烈信号，输入输出的除了我们，和我们平常看到的草木山川，还有难以穷尽的大地和苍天。

以及，大地之上、苍天之下只能用心悟出的道行。

域中有四大，自然有四物：

人、地、天、道。

约束成法，遵循为规。

有法规，方可秩序；有秩序，方能和谐；有和谐，方成自然。

人、人、人，万物分之一；地、地、地，履责载万物；天、天、天，督促皆自强；道、道、道，人地天法规。

人法地，则仁爱守义；地法天，则深厚高远；天法道，则万变不离其宗；道法自然，则尽得天时地利人和。

人与自然，就是一条道路的距离。或近或远，或长或短，或宽或窄，或明或暗，或直或曲，或平或仄。

但是，绝非一蹴而就那么简单，更非亲近草木、走进山川那么快捷。

既要脚踏实地，又要仰望星空，更要悟道前行。

道，自然的宪法。也是行走成路的规章。

人与自然和谐相处，必须向道而行，顺道而为。
天地间如果没有道路，人类就寸步难行。
自然，也就不成其为自然！

道理当讲人仁义，
法则必遵地势坤。
自由无拘天行健，
然后有序物兴生。

人类效法大地，大地效法天空，天空效法大道，大道效法自然。

静为躁君

> 重为轻根，静为躁君。
>
> ——老子《道德经·第二十六章》

烦躁、急躁、暴躁，都被来回走动的双脚出卖了。同时，还有很多话想说出来。此时，非常羡慕树枝上一群自由鸣啼的鸟。

看不出鸟儿们是用什么控制好自己的情绪的。唯见没有白云的天空，净如绸练，静若平湖。

一切都有天意。自然的安排，几乎天衣无缝。

相对意料之中而言，意外之事就是第三者。

片片白云之下，突然飞舞着一只黑天鹅。一群白天鹅猝不及防，另类点燃事件发生。

可能是那群白天鹅中的某只白天鹅心态失衡，开始有些躁动，最后冲动起来，想改变本色引人瞩目。

结果事与愿违，酿成大错。

物态，千变万化；事态，千回百转。

非理性的动，是躁动。躁动的“2.0”版，是冲动。

冲动是魔鬼。后果很可怕。

你懂的。

一切都与不安分的心有关。

不安分的心总是跳动不止，一直安静不下来。

我们虽然不可以回避变动，但是可以直面静止。

以静制动，是人类的重要本领之一。你我都掌握一二，那就付诸实践吧，并在实践中不断丰富拓展提升。

如果达到炉火纯青的地步，就是以静制动、以动抑静，动静自如；就是举重若轻、举轻若重，轻重自知。

毒草周遭，必生解药。生活在自然之中，还有什么可担忧的？

动静之间，犹如生死之事。

人，生来清白，死去清零。生死之外，一无所有。生死之间，没有什么不能放下的。

放下了，净心；净心了，心静。

心若静，躁则止，动辄稳。

心性协同，身体力行，一切安好，岁月静美。

持重是轻浮的基础，沉静是急躁的主宰。

知雄守雌

知其雄，守其雌，为天下谿。

——老子《道德经·第二十八章》

岁月更迭，又到虎年。

一只虎行走在山水间，雄赳赳，气昂昂，承揽一年四季的气场。

我们凝视着行走的虎，气宇轩昂。面对风云变幻，必须塑造虎的形象。

纵使岁月随风而去，但是时间如水长流。

一切的一切，得让事实见证事实。

人以老为尊，虎以老为贵。

在虎年，一只老虎从春天里走来。目光以阳光的方式，浏览山川、河流、远方。

如一位慈祥的老人，翻阅时光之书。在字里行间，读风风雨雨，读坎坎坷坷，读柳暗花明，读峰回路转。

读生命如歌。

林山，是宿命领地。向山行，是诗和远方。老虎不歌，但喜闻鸟语莺啼；老虎不舞，却乐赏孔雀开屏；老虎不语，常静听山欢水笑。

老虎以慈祥的封面出版自己的威严。

老虎，虎年的标点符号。

虎符，足以震慑一切邪恶。

老虎，最了解自己是谁、将干什么。纵使为百兽之王，也绝不随意张开虎口，让贪欲从口而入。

发威，是防范风险的实战演习，也是制止侵犯的主动出击。

慈祥的老虎：不怒而威，让狡猾的狐狸再也无计可施；不言而严，虎视的目光秒杀眼前所有蠢蠢欲动的企图；不笑而啸，虎蹄之下是力量之源，顺河向东流，奔腾成人间正道。

懂得什么是刚劲雄强，但却安居于柔雌软弱的地位，甘心做天下的沟溪。

物壮则老

物壮则老，是谓不道，不道早已。

——老子《道德经·第三十章》

一棵树或许就能代表着万物。不管如何枝繁叶茂，一旦树干干枯难以壮大，这棵树就开始老了。

面对老，我们有多种情绪，但无法抉择是否前进、停止、后退。

只有怕老的步伐才犹豫不决，只有欲望的脚印才深浅不一，只有逆行的车轮才背道而驰。

壮是一种过程，老是一种宿命。

壮是一种现象，老是一种规律。

“物壮则老”率先抛砖引玉，沿着逻辑与规律的话题，用智慧把文化镀锃金色。

文化的预警，流云低沉。远方有隐约的道道闪电，由远及近，由近及远：“日中则移”“月满则亏”“物盛则衰”“物极必反”“乐极生悲”等等，踊跃发言，各抒己见。

虽然想法一致，但最终都没有一个统一的结论。

大自然是一位平静的倾听者，不随意发表自己的意见。

大家最担心忧虑、最难以释怀的，还是怕没有一个美好的结局。

那么，有什么办法能够解决壮而无老抑或无壮无老的问题呢？

让物质与精神同向同行、平行并行？或者，让时间与空间走成一条地平线、串起同一生命线？

时间身处万物之外，一以贯之按照套路出牌，提醒和规范着万物。

时间是生命的密钥，没有起点、中点、终点，贯穿历史、当下、未来。

只有摆正时间主人翁的位置，才能做到光阴似箭、波澜不惊和行无止境、岁月静好。

事物一旦强壮，就必然走向衰老。这是不合乎“道”的原则的，而不合乎“道”，便很快会灭亡。

道常无名

> 道常无名，朴虽小，天下莫能臣。
>
> ——老子《道德经·第三十二章》

总感到有一种力量在牵引和推动我们在岁月中永不停息地行走。

来自物质之外的存在，看不见，常相随。等同于自然界中的空气，以及空气中的氧气。

有些道理，越讲越讲不清楚；有些事情，越理越是一本糊涂账。

只有道路真实得如同白纸黑字。

道路，首先得有方向，接着就是行走，最后成其为路。

顺着道理的指引，成就途径的皈依。

路是最终的结局，也是最好的见证。

“世上本来没有路，走的人多了，也就成了路。”

路多了，为了让人们不迷路，人们给一条条路取了一个个饱含深情厚意的名字。让路有了名分，甚至有了级别。

人们记住了路的名字，但无法记住走成路的人们的名字，以及后来走在路上的人们的名字。

路走多了，走远了，便走成了大大小小的道。

道路代表所有的旅程，布局大地的经络，贯穿生息存亡全过程。

走着走着，就明白许多道理；走着走着，就掌握许多规律；走着走着，就卸下许多包袱。

背着名利行走在道路上，就像夏天多穿了些衣服，有时热得难受。

扬起逆向思维的风帆，驶回过往，再转身向未来。

遥远的时空，以零距离方式存在。

长久的存在，被无名锁定。

道路有两种主张：无名曰道，有名曰路。

路的风险点，是被套路。

道是永恒的，没有任何名称的，它混沌淳朴的本体虽然幽微不可见，但天下却没有谁能支配它。

死而不亡

> 不失其所者久，死而不亡者寿。
>
> ——老子《道德经·第三十三章》

生命有长短，寿命分类别。

长者曰寿，短者曰命。

古书云：上寿百二十岁，中寿百岁，下寿八十岁。按照古人的标准，人要活到八十岁以上方能入寿。

寿是一种生命形象和精神遗产，并不等于从生到死的时长。

胡杨以生而千年不死、死而千年不倒、倒而千年不朽的事实，让生存的青春长久驻守在生命的沙漠。

木之圣贤者，在荒漠上写满绿意。

死而形亡，这是物的结局？

老子活了百年，成了长寿经典。五千余字的生命遗产，字字珍珠，句句金条，闪烁道德的文化光芒，照耀着五千多年的文明史。

人之圣贤者，于前世立功，为后世立言，为今世立德。德行随时空更迭，思想随岁月流淌。

就像长江黄河，一直流逝，一如此水；就像日子时光，虽然勇往直前，但是依然活在当下。

“有的人死了，他还活着。”这是诗人写给长寿之人的专享诗句。

身死心亡，这又是人的宿命？

让精神与意志同行，走过暗无天日的隧道，阳光将拉长目光，目光将延长时光。此时此刻，我们或许顿悟，你我都有很长的路要走，都要有很多的事要做。忘却过往，心怀未来，前程似锦，远方还远。

以康养延续生命线路，以道德铸造精神灯塔，纵使有朝一日身躯倒下、生命停歇，但是精神灯塔依然屹立、照耀时空。

“死而不亡者寿。”自觉而努力地做一个长寿之人吧！

不丧失“道”这个根基的就能顺利长久，身体虽死而精神永存的才是真正的长寿。

大象无形

大方无隅；大器晚成；大音希声；大象无形。

——老子《道德经·第四十一章》

大致细微不成象。

无迹可循乃真形。

选择一个制高点，俯视大地，仰望天空：山不穷，水不尽；天无边，地无角。

天高地厚，天大地广；天地未央，天地无形。

真的是天圆地方吗？有时，眼见未必真，耳听未必实。规则促成规律，但是一些规律往往隐含时效性和阶段特征。

如果再找个位置、换个角度，仰望天空，又会是怎样的景象呢？

譬如，井底之蛙看天。天或许是圆的，或许是方的，也或许是不规则的。因为，井口有圆形的，也有方形的，更多是不规则的。

井口是井底之蛙的第二双眼睛。也是大地配给它的一副眼镜，用来专门窥视天空的形状。

井口的形状，影响着井底之蛙的思维成像。

还有，一些不可思议的照片，成景于叛逆的镜头。叛逆的镜头，来自感性的构想。感性的构想，专门拍摄理性的大境界。

眼睛不仅是心灵的窗户，还是万事万物的多棱镜。

大象就是没有维度和边界的形状。

在大象面前，即使我们的内心再伟大，眼睛也依然是渺小的。如果眼睛难以看清具象的全貌，就会影响我们对形状的科学研判。

动物界的大象，代表不了物质界和精神界的大象。

身外之物，都与心和眼有关。一旦心和眼串通一气，必将产生不少心眼。

心眼，决定着一个人的格局。

但凡心眼都不是什么好东西。还得打开心向外、眼向远的路径，把格局拓展成大景象。

在哲思的放大镜里，还有大白若辱、大智若愚、大方无隅、大爱无疆、大器晚成、大音希声、大道至简等物、事、理。

在感性的现实世界，我们也能感受到“此时无声胜有声”“不作一字，尽得风流”等的另一层面。

一些词语，在我们生命的田野里长成粮食，让精神不受饥荒。

最方正的反而没有棱角，最贵重的器物总是到最后才制成，最大的声音反而听不到声音，最大的形象反而看不见形象。

唯施是畏

使我介然有知，行于大道，唯施是畏。

——老子《道德经·第五十三章》

道路是人类遗留在世间的绳索。一条条记忆，系住起点和终点。过程很重要，不断拉长距离，拓展空间。

或短，或曲；或粗，或细；或长，或短。相联则通，成网则畅。

没有行不通的道，只有走不完的路。

小道连大路，大路向远方。远方的诗句，在北京赞颂，到罗马吟咏。（东方谚语：“条条大路到北京”；西方俗言：“条条大路通罗马”。）

绳索的使命爱憎分明。

要么，牵引向前守正的目光；要么，束缚后退歪邪的身躯。

正义拎着绳索，巡走在大道上，邪恶退避三舍。

道路和河流是自然写意在大地上的两条生命线。一条虚，则另一条实；一条动，则另一条静；一条阴，则另一条阳。

脚印证明道路的存在。流水证明河流的存在。

嘀答嘀答的秒针，时刻提醒时间的流逝，以及存在。

道路和河流在时间之内存在。道阻且长，有坎坷。河流江海，藏暗滩。

行于大道。稳健的步伐踩牢底线，慎行的足迹瞄紧风险。一路向前，行稳顺达，这是最美的行走。

“常在河边走，哪有不湿鞋？”这不是鞋湿的理由。如果鞋湿了，初心就没了。

——没有初心的花，结不出殷实的果！

假如我稍有一点自己的见解，那就是遵循大道走下去，而唯恐走上邪路歪道。

廉而不刿

是以圣人，方而不割，廉而不刿，直而不肆，光而不耀。

——老子《道德经·第五十八章》

作为物体，有棱有角只是一种本能，不去伤害别人才是真境界。

只要有爱心，就不会去伤害别人。

有棱角的人是严肃认真的，严肃认真的人有一颗仁爱之心。

在这个理论构筑的舞台，严成为廉的替身，携爱登场，共同演绎精彩。

然后，以老师的名义修为严爱兼容，锤炼道德情操。

做人类的思想者，做思想的领航人。

在一次分组讨论的座谈会上，一位校长在讲述自己数十年如一日的教书办学经历，滔滔不绝，如数家珍。但讲到自己目睹一些孩子因学位不足上不了优质学校目光无奈无助时，泪流满面，泣不成声。

顿时，情动心弦，爱满全场。

一个场景，一个故事，足矣。宛如一米阳光，照亮一个缤纷炫目的舞台，照耀一群可爱可敬的人。

人物，就是比大多数人优秀的人。他们的价值就是以物鉴人，从物理中提炼人性。

描述同一个道理有很多词语。解说老师教书育人的天职，翻阅《道德经》，除了廉而不刿，还有生而不有、为而不恃，以及长而不宰、利而不害，等等。

就像九月赞美老师，我们总有说不尽的千言万语。

所以得道的人，很方正但不割伤人，有棱角但不刺痛人，正直坦率但不放肆无忌，光洁明亮但不刺眼炫目。

天道无亲

天道无亲，常与善人。

——老子《道德经·第七十九章》

一大为天。一，则平直仗义；大，必广袤包容。

书写简单的汉字，训诂深奥的道理。

天之下，行公道；地之上，修善德。

天道唯公，地德唯善。

大地上的万物，包括人类，都是天空的子民。

天人感应。上天对待万物如同父母热爱子女，血脉相连，心灵相通，爱无偏私，情无所指。

上天抛弃藏恶物事，父母放弃不肖子女。

亦如同，缘分之于爱情。忽略年龄差距，忽视地位差别，忽疏门第差异，只有真心相爱、真情相守，只求一心一意、一生一世。

以爱情为筹码，都是输家；以爱情为交易，没有赢家；以爱情为契约，不成为家。

天空聘请日月为眼，昼夜关注大地。

大地的一举一动，都将被日月记录在案。一些阴谋，早晚将会被曝光，还事实真相。

天空如镜，鉴临大地。

"天聪明"[1]，佑善人！

天道铺就善行的基石，煅塑公平正义的牌坊。不设置后门，不优亲厚友。

人在做，天在看。善心常存，善行常践，善为常修，百功得立，百德得成，百业得兴。

怀善之人，循道而行。清清白白，真真实实，了凡私心，无事不成，何忧可愁？

最起码也能做到，身正不怕影子歪，心善不怕鬼敲门。

天道对任何人都不偏爱，它总是亲近帮助善良的人。

① 《尚书·皋陶谟第四》："天聪明，自我民聪明"，译文"上天能耳聪目明了解各种事情，是因为我们的百姓耳聪目明"。

利而不害

天之道，利而不害。

——老子《道德经·第八十一章》

端坐湄岸，凝览苍穹。太阳是天空鲜明的标题。

鲜如中国红，明似古铜镜。

阳光之路，自上而下，一行行闪烁的文字，竖排成句，拾起思想的脚印，行走为天之道。

让人仰读的大书，文字行云流水。

阳光源源不断倾注大地，湄水潺潺不息流淌远方。

阳光之下，芸芸众生。

水流大地，云行天空。

水的故乡在天空之上，家园是变化万千的云朵。每一朵云都是一汪水的天上人间。

故乡的流云，他乡的流水。

水利万物而不争，云凝千尘而不染。

阳光携时光同步，牵动生命，牵走岁月，带领万物生长，引领众生思考，解读天地良心。

一线阳光，一路风行。遇云朵绽放，遇雷电干扰，遇雹雪发泄，照耀的速度不减退。

一米阳光，无限生机。看草长花开，看林茂竹修，看车水马龙，照耀的激情不松懈。

千年的阳光，不变的情怀。只关注物的得，不在意己的失；只关心物的荣，不屑于已的辱；只关爱物的兴，不痛惜己的衰。

清风相伴，时光做证。阳光，还是一线的清瘦，依然一米的清廉。无私欲则不膨胀，无索取则不贪婪。

还是从前的阳光。或晴空万里，或抚星弄月，或追云逐雨。

万物赋能得生长，阳光依旧笑东风。

自然的规律，是使万物得到好处而不加任何伤害。

上德若谷

上德若谷，广德若不足，建德若偷。

——老子《道德经·第四十一章》

静之徐清

> 孰能浊以止？静之徐清。孰能安以久？动之徐生。
>
> ——老子《道德经·第十五章》

一次偶然，与一条河际遇。河水静流，有湖乃生。

一页春湖，沉映三五行人的身影。悠悠步履，轻踩大地内心。

一只水鸟，凫动湖面。弧形的波纹，宛如雁字长天。

一位长者，临水垂钓。纵然水清无鱼，亦频频举杆醉翁之意。

这条河，前世为臭水沟渠，今生是湿地公园。

人们的到来，启发了浊水的习惯行为：是该停止奔流不息的折腾了，好好静下来想想自己的前程。

只要能静得下来，时间最能说明一切，事实也是实事求是的。

远处的高楼，以及近岸的垂柳，以倒影的方式回馈湖水的清。天空，蔚蓝般清醒。

“从前种种，譬如昨日死；今后种种，譬如今日生。”[①]

既然过往不咎，那就把握好当下吧？

过程，起着关键作用。

① 引自袁了凡《了凡四训》。

心如此水。

“孰能浊以止？静之徐清。孰能安以久？动之徐生。”

从水出发，沿水而行，润万物，得生机。

世间物事，都与水有着缕缕牵联和滔滔渊源。

水本单纯，以动静而生：或者奔流，或者停息。

水很简洁，倚两极而存：要么浑浊，要么清澈。

我们都在身体力行，走读老子先生的箴言。

与水有关。与速度有关。与心态有关。

在湿地公园，我找到了答案的所有问题和所有问题的答案。

谁能够使混浊停止，安静下来，就会慢慢澄清。谁能长久地保持安宁，行动起来，就会慢慢获得新生。

金玉满堂

> 金玉满堂，莫之能守。
>
> ———老子《道德经·第九章》

金玉满堂是一间梦幻的殿堂。

黄金、白银、美玉……闪亮着五彩斑斓的光芒，将整个屋子照个通透，匿藏着各种各样的诱惑。

关上门窗，屋内没有昼夜之分。

屋外，奔赴而来的人群，不舍昼夜。

在农村老家的堂屋，先辈们一直用这么一副楹联祈祷土地神：

上联：土能生万物。

下联：地可发千祥。

横批：金玉满堂。

梦幻让人们的梦想膨胀。赤裸裸的金色愿景，让多少人憧憬数千年、梦想伴一生。

于多数人，是现实中的童话。

于少数人甚至极少数人，则是童话中的现实。

但是，在越来越富裕的时代，金玉满堂的人会越来越多。

梦想又是一间中性的小屋。

可以说，绝大数人的想法都合情合理的。

如果没有想法，想做好事情就没有办法。

想法静静地端坐在我们的心间，仿若一尊佛，安详地凝视人间万象。

左面是理想，脚踏实地并砥砺前行，前方就是诗和远方。右边是空想，仰望星空而坐而论道，前程难以看到前途。

甚至，左边是道，右边是魔。稍有不慎，可能就会走火入魔。

在信息化弥漫和新技术充盈的今天，我们可以将金银财宝兑换成数字，充值在薄薄的卡里，试图垫起厚厚的人生。

关于金玉满堂，是在财富的光芒中纸醉金迷，还是在精神的层面勤俭持家？

面对金钱财宝，既要取之有道，又要用之合理。

满屋的金银美玉，也难以守藏。

少得多惑

曲则全，枉则直，洼则盈，敝则新，少则得，多则惑。

——老子《道德经·第二十二章》

清醒的时候，观看漏斗倒酒，就像玩赏一幅写意画。

慢慢少倒，可尽收瓶里，得其所得。

急急多倾，必满溢瓶外，得不偿失。

酒瓶不在乎酒的多少。

唯醇味引领馨香飘舞。

禅意微醺。

有时候，一些汉字会左右我们的意识与行动。

有口将吵，有火则炒。人心如急火般烦躁。

禾苗生长，并非坚定不移。或者，仅此一句话，就足够了。一些事情，总让我们迷惑。

无论物质，还是精神，究竟是少好，还是多好?

绵绵青山生良药，悠悠历史藏智慧。

一位圣人，仰望星空，拂须长歌：“少则得，多则惑。”

一位智者，驻守河岸，击水轻吟：“财多者惑于所守，学多者惑于所闻。”

一池水的格局，取决于容纳的多少。物少则清，物多成浊。

一个人的境界，决定于取舍的多少，少取则廉，多索即贪。

二者的结局，你们都心知肚明。

坐井观天，我比天大。
面对大海，找不到属于自己的那一滴水。

人无尊卑之分，事无好坏之说，物无多少之辨。
在质量的天平上，少不一定轻，多也并不一定重。
一切，都以事实为重，以事理为要。

题记译文

委曲反而能够保全，弯曲反而能够伸直，空洼反而能够充实，破旧反而能够崭新，少取反而会多得，贪多反而会落空。

企者不立

企者不立；跨者不行。

——老子《道德经·第二十四章》

你踮起脚尖抬起脚跟，张望什么？

身体因此虚高了一截，却因此而失重。

不真实的高度相当于山水画："远看山有色，近听水无声。"

失重的身体让目光无法平视前方。

不平衡，则不久立。错位的角度，看不清事实真相。

或许，什么也没有看到；或许，什么也看不清晰。

前方确有风景，不假。

昆虫追逐光亮，事实。

人人向往美好，本能。

你的前面，可能站着比你更高大的人，并且不止一个。前途被阻隔梦想被遮挡，让你有些烦躁不安和心急如焚，但又不敢真实地表露。

于是，踮起脚尖抬起脚跟慢慢地悄悄地试图提升自己。

这真的是没有办法的办法吗？

为什么不直截了当些？

在脚下垫一块石砖，或是摆放一张凳子，稳稳地站上去，在人群中鹤立鸡群。

我们虽然倡导一蹴而就，但是鼓励一跃而起。放飞自己的姿态如同鸟儿翱翔一样美丽。

要么，索性仰望星空，头顶上的蓝白云天绝不亚于前方的青山绿水。

企图是躲在阴暗角落里悄悄盛开的花朵。

阳光不能直接关爱的花朵，底气不足，色彩不真实。开得也不长久。

黑暗中的美丽，不敢直视阳光。

以及人们善意的目光。

踮起脚后跟希望站得高，结果反而站立不住；迈开大步希望走得快，结果反而快不了。

朴散为器

朴散则为器，圣人用之，则为官长，故大制不割。

——老子《道德经·第二十八章》

“夜来微雨洒芳郊，绿遍江南草。”[①] 在春天的某日某时某刻，我真正读懂了春风的无限魅力——

春风化雨，雨润万物，成就着一年四季的希望与收获。

满面春风，并不预示一年顺利、人生如意。

一些想法，遵循原则符合规矩接近真理。

一旦说出来，就是论道。

在道理的领地，纯洁往往更丰富，简洁往往更内涵，朴素往往更深刻。

不管怎样，有想法总比没想法好，说出来总比不说出来好。

话又说回来，我们不能只停留在有想法上，说了并不代表做了。

结果导向：如果目标是一面旗帜，就必须插在目的地高地上。

孔子的学生宰予喜欢白天睡觉，不认真读书做学问。孔子骂道：“朽木不可雕也，粪土之墙不可圬也！”骂后不解气，接着又

① 出自胡祗遹《［中吕］快活三过朝天子·赏春》。

说，起初我对于人，听了他说的话就相信他的行为；现在我对于人，听了他说的话还要观察他的行为。

孔子从宰予的身上改变了看人识人的方法。既要听其言，又要察其行。

其实，真理朴素得如同谚语，在人世间熠熠闪烁。平凡得就像萤火虫的点点星光，深深划亮夏天的黑夜。

“一千个嘴把式，顶不上一个手把式。”“马铃再多，也不能帮马拉车。”“一百次向往，不如一次攀登。”

与其坐而论道，不如躬身践行。

纵是老生常谈，也是常谈常新。

质朴的“道”分散溶解后，就变成具体的万物。圣人驾驭利用这一切而成为人间的统治者，所以最高明的统治是因为顺其自然而从不人为加以割裂。

自胜者强

胜人者有力，自胜者强。

——老子《道德经·第三十三章》

阳光一旦炽热起来，就会锻铸成利剑，击穿云层，让大地看清天空的晴朗。

阳光以自己的刚硬战胜自己的柔弱，在天地间战无不胜，让万物获得生长的力量。

小草率先破土生长，不依靠树根的路径，不屈服石块阻挠，以一抹翠绿点赞一片阳光。

从一棵小草的现状，我们看到了生命的强大。

阳光之下，身影随行。

影子是一面向上而照的镜子，只能对照本人。

光明的时候，身影会调整你的身形是否得体，纠正你行走的方向是否偏离。

绝不能让身影置于身外。

忘乎所以、得意忘形，自始至终都是一个惨痛的教训。

就算是没有光亮，只要身躯是站立的，身影依然因身体而存在。

自己是自己的一道影，自己是自己的一堵墙，自己是自己的一条河，自己是自己的一座山，自己是自己的一条路。

自己是自己最友好的朋友，自己也是自己最强大的敌人。

自己还是潜伏在自己身心深处的内鬼。

在人生的至暗时刻，只有自己是自己最闪亮的光芒，忠实地照耀着自己寻找门的方向。

无论是光明或者黑暗，只要心亮着，就会无所畏惧，一切皆有可能。

能够战胜他人的算是有力量，能够战胜自我、超越自我的，才是真正强大。

上德不德

上德不德，是以有德；下德不失德，是以无德。

——老子《道德经·第三十八章》

一个老人的旅途如此简洁：端坐牛背，静静地行走在道上；一名孩童紧跟其后，扛起的一根木棍悬着一只葫芦，权当牛鞭，但从不挥舞；葫芦不糊涂，一路盛装老人的思索，完成传承的使命。

一头牛，一老一少两个人，写意“玄之又玄”的道理，变成“众妙之门”的密钥。

风雨、阳光、格局、情怀等，隐退在留白处。

老人叫老子，仿如邻家慈眉善目的大爷，更像寨中德高望重的长者。

得道智者没有专属形象，大众产品不用申请商标。

自然之花，含苞时的娇羞、绽放时的娇艳、凋零时的娇柔，生命的节奏契合更迭的时节，在思想的引领下，柔柔似水，绵绵如山，不写一个字，不讲一句话，整个过程都被一种美统筹起来。

赏花，等同于鉴美。

也看见，一些漂亮的居室盛开着几束美丽的塑料花，粘贴自然之花的神情，试图绽放雅致。

远看生机，近观呆滞。

美丽的虚假总是那么现实。

没有生命的花朵，纵使迎合了一些人心、赢得不少市场，但终究真实不起来。

一座山，巅峰并不能证明其高；一条水，奔流并不能阐述其长；一个人，张扬并不能表示其行。

自然的状态，就是最真的存在。当是什么就是什么，该怎么样就怎么样，用不着刻意修改，甚至精心掩饰。

从心出发，顺其自然。

不要让世俗的砂石设置前进的障碍。

有时，形式就是没有门窗的屋子，将内容封闭起来。

“此地无银三百两。”原来的告示变成了后来的警示：欲盖弥彰。

题记译文

真正的“德”是顺其自然，不在于表现为形式上的“德”，因此实际上是真正有“德”；虚假的“德”表现为拘泥于形式上的“德”，表现上是不离失“德”，而实际上是没有“德”。

上德若谷

上德若谷，大白若辱，广德若不足，建德若偷。

——老子《道德经·第四十一章》

紧跟着一条河流、一帘瀑布、一阵山岚，走向川谷纵深，我终于读懂了一个成语——

虚怀若谷。

川谷是一条低于地面的畅通无阻的路。河流可以由近及远行游，瀑布可以自上而下倾诉，山岚可以时急时缓漫步。

在这里，同样有怪石嶙峋、草木葱茏，有鸟语花香、五颜六色，有曲径通幽、炊烟人家。

在这里，不用羡慕一座山的伟岸而自我渺小，不用嫉妒一片云的飘逸而自我沉重，不用追寻繁华喧嚣而拒绝寂静。

在这里，我一直没有看到川谷盛满山川和水满自溢的样子。预留那么大的空间，让空气充实，气流顺畅。就像一幅老祖宗传承下来的山水画，大片留白，写意神韵。

一只青蛙，临水而歌。这绝非那只井底之蛙，如歌的蛙鸣，让川谷生机盎然。它在为川谷的德行而呼：

卑下又怎么了？

低调又怎么了？

虚静又怎么了？

人一生，无论你怎么一帆风顺，也应当到川谷走走，哪怕是艰难跋涉，都值！

上德若谷。依道而行，则成德。

上善若水。在万物之中，还有谁能比水更懂得谦虚呢？

如果道是走向远方和攀登高峰的路径，那么德就是步入川谷深层和测量大地厚度的行程。

谦虚是贯通道与德的媒介，谦虚是道德的使者。

行走人间，不遵道尚德，将不知天高地厚。

高尚的“德”恰似那卑下的川谷，最洁白的显得污垢漆黑，最博大的“德”好像不足，最刚健的“德”好像怠惰疲软。

大器晚成

大方无隅，大器晚成，大音希声，大象无形。

———老子《道德经·第四十一章》

参天，是一棵树一生的追求。

挺立在大地上的自信，绝非一天两天的事，不知要经历多少风雨的洗礼。

年轮聚焦核心围绕树干，一年一圈，经年累月用定力撰写关于树的年谱。

树越苍老，年轮越精密细致，凭眼难以精准数清，用心方知树的年龄。就像德高望重的资深学者，总是那么严谨谦虚。

甚至，大智若愚。

干枝最能代表树生活在大地上。一年一度不约而至且随风而去的树叶，默契而执着地配合着树的成长。

坚持每年一次与干枝交心谈心。离去时以枯黄的悲壮和飘落的洒脱温馨提示：务必顺其自然，切忌急于求成。

有一种陪伴，不求一生一世；有一种情感，不必永远相拥。

感动的生命有阳光雨露，感恩的前程有鲜花掌声。

正在成长并且即将成材的树，一旦被粗暴移栽到街道上、公园里，剪叶、修枝、刨根的策划包装，心虚打造的景地职场，经常提防暴风雨的明察暗访。

根基不深，繁荣不久。

底气不足，志向不远。

古树漫长的成材经历，足以阐释一些人生的成长规律。

比如：大器晚成。

形而上学的树干与枝繁叶茂，源于脚踏实地的厚土以及根深蒂固。

老树新芽，清零拔苗助长。

十年树木告诉我们，一棵树的成材至少需要十年。

更何况百年树人。学习是终生的使命，做人是一辈子的责任。

最方正的东西却没棱角，最贵重的器物总是到后来才制成，最洪亮的声音听起来却稀缓，最伟岸的形象却让人看不到具体形状。

三生万物

道生一，一生二，二生三，三生万物。

——老子《道德经·第四十二章》

张衡黑夜数星星，一颗二颗三颗千万颗，数出了地动仪。

李耳白天看道路，一条二条三条千万条，看出了大道理。

思维以数据和逻辑演绎时空。一加一等于二，二加一等于三，三加一切可能等于万事万物。

“3 +”，是处事之钥匙，阅物之密码。

五行先行。三水成淼，三火成焱，三木成森，三金成鑫，三土成垚。

还有其他。三人成众，三石成磊，三日成晶，三口成品，三牛成犇……

三是宿命一道坎，三是事物分水岭，三是规律集成器。

一些事物的承载，就是一个汉字的存量。

万物只有天地人，人情维系你我他。

某时某刻，在苍茫寰宇中盘点存在和可能。唯见上天苍苍、后土茫茫。还有，我们自己。

天、地、人，时空三要素。

盛着一切存在和可能的鼎，离不开天时、地利、人和的三维支柱。

一柱一道，一柱一理，一柱一德。失一不稳，再失则倾，又失当覆。

因为：“得道多助，失道寡助。”

所以：三生无恨须循道，万物有爱方繁荣。

“道”开始于混沌、原始的统一整体，混沌、原始的统一整体又分裂成为对立存在的阴阳两气，阴阳两气相交激荡产生新的三者，新生的第三者产生出千差万别的事物。

不言之教

不言之教，无为之益，天下希及之。

——老子《道德经·第四十三章》

桃李的语言被鸟声取代，只寂寂开花静静长叶默默成果。

根不断深入土地，与地面上的小径一道曲折向前、渐行渐远。

追逐的脚印在桃李下踏实行走。最后，以道路的形状礼拜感恩。

成熟的果实沉默寡言，不善于表述自己的成长历程，只以丰硕的情感赞同道路的正确。

桃李不言，下自成蹊。从典籍中提炼出来的一幅春夏禅意图，几笔勾画出宁静致远的格局。

在鸟声、风雨声的争吵中，果实以零表达的方式胜出。几棵桃李，挂满实惠。

水滴音小，以至于无声。自上而下，滴滴相连。

水滴形而下地滑落，直接敲打提醒提示石头。

石头是深知其意图的，既然无法防范就注定了不可能回避。不久的将来，自己定会被击穿。

石头多希望迎来的是一阵流水，来势张扬些、汹涌些，历经一次虚张声势后，就能逃避一场劫难。

一块珞珞顽石，崩溃于一滴水无声的坚持。

与其被击穿，不如以涅槃的仪式化危为机，将顺势而为的思想贯穿始终。再将被击穿而成的孔当成明亮的眼，仰视天之高之阔，洞悉地之深之厚。

力量是静心的坚守，穿透是完美的结局。

我们不得不追问过去的一些做法，并反思当下的一些时髦。

重要的事情讲三遍，那是对别人的不信任。

若彼此信任，无须千叮万嘱。若心有灵犀，无须千言万语。

一眼秋波，万分情意。爱，非要大声说出来吗？

不论空谈的教化，无为的好处，天下极少有赶得上的。

多藏厚亡

甚爱必大费，多藏必厚亡。

——老子《道德经·第四十四章》

天上只有一个太阳，夕阳无例外。

夕阳之上，或夕阳之下，如果再有夕阳，那就“多”了。

“多”是太阳绝不答应的要求，也是天空绝不允许的事实。

夕阳坚持忠实于天地，奋力将白云培育成晚霞。让白天在进入黑夜之前，再次辉煌。

夕阳原本无限好。如果“多”出了乌云密布和风雨交加，那么我们连黄昏都看不到。暗无天日时，黑夜早来临。

此情此境，“多”，并不美好！

花朵是春天灿烂的文字，是春之声动听的音符。一朵二朵三朵，或数朵，或无数朵，恰当地绽放在青枝绿叶间。春风当笔，写意三月。一纸大地，盛开美丽。

不要去细数每秆水稻是否结着相同数量的谷粒。稻秆有粗细，谷粒有多少。不同数量的谷粒刚好把不同粗细的稻秆压弯成农夫躬耕时的弧度，支撑着顺利成长，确保了喜获丰收。

春天里，花儿自由开放。

深秋处，果实自然成熟。

负重而行，路阻且长。

山水间，堰塞湖仿如风景。但是，细弱的泥沙和没有根基的

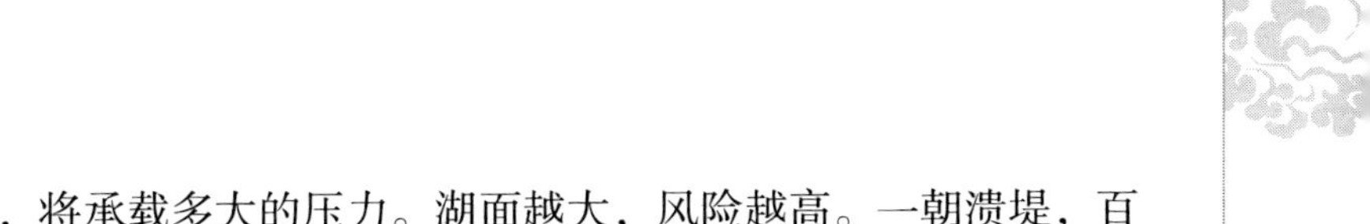

岩石，将承载多大的压力。湖面越大，风险越高。一朝溃堤，百里遭殃。

亡是不可避免的际遇。

还是多上点心吧，忘掉该忘掉的人，忘掉该忘掉的事，忘掉该忘掉的东西，忘掉该忘掉的过往。唯有用心，生命难忘。唯有真心，爱情难忘。唯有爱心，故事难忘。

有回声的山谷，十里更深远。

有回忆的人生，百年亦不长。

题记译文

过分的吝啬一定会招致重大的破费，过多的敛藏一定会带来惨重的损失。

知足不辱

知足不辱，知止不殆，可以长久。

——老子《道德经·第四十四章》

美酒，窖藏醇的诱惑。

一杯酒飘香，二杯酒入肠，三杯酒交友。

多杯酒，醉人，醉己。

醇白的酒，随口出入。淬炼血红的利刃，驾驭在心上，切割着生活。

为情伤身终薄情。

酒是药引子，酒与药，心有灵犀一点通。

一副良药，点燃生的火焰。药有良方，方有剂量。是药三分毒，医好就行，适可而止。有病则吃，无病必止。

“酒逢知己千杯少”，以及“有病治病、无病强身”。那都是商人的台词和利润的陷阱。

想法，再往前走一步，就是欲望。欲望，再往前迈一步，就是贪婪。

不少事情，在想法中诞生，又在欲望中成长，最终在贪婪中灭亡。

欲望与贪婪，狼狈为奸。

知足与快乐，相依为命。

醉生梦死，透支今天。

明天，形同海市蜃楼。一切美好转头空。

如果把日子放纵在幽暗的斑斓里，生命就会遭受屈辱。

心是一片胸怀天下的领地。

心胸，常规组合的词语，非常哲学的表达。

人心不能撒野、膨胀，但胸怀必须空灵、宽广。

心胸拒绝心满意足入住，欢迎轻松快乐光临。

心若一二，胸则八九。

心胸敞亮，快乐生长。

知道满足就不会遭到耻辱，知道适可而止就不会面临危险，这样就可长久地保持安全。

不为而成

是以圣人不行而知，不见而明，不为而成。

——老子《道德经·第四十七章》

自古以来，我们常常被一些假象所迷惑。

回到宋国。拔苗助长还是新闻，依然在街坊传播。被忽然拔高的禾苗终究未节节长高，更没有生产出粮食。

欲望的强制，将生命逆转宿命。使命在宿命中已然夭折。

大众关注寓言的结局。不知道那块被拔苗助长的宋田，至今在否？

踏歌而行。走在乡间的田野上。

不时看到急躁生长的杂草，蓬勃成势，阻碍着庄稼的道路。以及急功近利的毛稗，高高在秧苗之上，最后还是没有高过稻谷的高度。

杂草、毛稗们，有生长的狂妄症，没有收成的底气。

寓言让谎言不攻自破，假相让真相扑朔迷离。

如果习惯在现象上狂欢，就会沉醉在本质之外。

有的人，真相信天下会掉下馅饼，把守株待兔当成历史故事，甚至是锦囊妙计。

有些事，需要等待时机，所以不再质疑姜太公钓鱼。

有时候，需要处静慎独，所以读懂了独钓寒江雪的渔翁。

家有伦理，国有法制，事有规律。

家国事中人，追逐成功，仿如君子求财，路径抉择需取之有道、行之有法。

为所不为，不为而成，妄为则败。

题记译文

所以圣人不出行就能够知晓，不窥望就能够明白，不妄为就能够成功。

出生入死

出生入死。生之徒，十有三；死之徒，十有三；而民生生，动皆之于死地，亦十有三。

——老子《道德经·第五十章》

出走有道而生。

入门无路则死。

从看到地上有一头牛起，生命时针便开始摆动。朝阳照亮昨夜的梦想，也照耀着大地上万物的生长。人与草木用目光交流，便心领神会：有限的生命中，一切都如此美好！

夕阳西坠，埋在地下，还有一把居心叵测的匕首，蓄意阴谋诡计，欲行歹徒之事。这是死亡的征兆和意境。

生死，是一段时间的距离，也是一个光阴的过程。

如果把生命三等分，那么两分天注定，一分自作为。

不求同年同月同日生，但愿同年同月同日死。

悲壮的誓言镀亮生死观。

不能选择生，但能抉择死。不能度量生的长短，但能掂量死的轻重。

有一种个人死，捍卫了众人生。有一种少数死，留给了多数生。有一种不惜死，赢得了更长生。

生命的敌人，就是生死线上的坎坷、沟壑，乃至陷阱。

出生入死，主动出击求生，避免被动等死。

只有出生入死，才能多元人生形式，才能充实命运内容。

出生入死。最精准的注释就是：
“生的伟大，死的光荣。”

题记译文

离开了生存势必走向死亡。天下之人，属于长生寿考的，占有十分之三；属于短命夭折的，占有十分之三；本来可以活得长久，但由于自己好事妄为而走向死亡的，也占有十分之三。

益生曰祥

益生曰祥。心使气曰强。

——老子《道德经·第五十五章》

消费成了热气球，在生活中随风飘舞。不同表情的目光，仰望天空，紧盯着自己心仪的热气球，难以左右自己大地上的步履。

提前消费明天，超额消费收入，熬夜消费睡眠，疾病消费健康，喧嚣消费宁静……

无规则的消费，开出了透支的票据。

用透支的钥匙打开奢侈之锁，推开任性之门。

门内，一片漆黑。

漆黑如洞，灾殃狰狞，无声狂舞，深不见底，神秘莫测。

吸血的黑牙，洁白如雪。在布一个花繁叶茂的局，让不设防的心灵踏歌而入。

门与洞，狼狈为奸，敞开着陷阱。

只有入口没有出口。

吸食毒品的样子相当于透支生命的轻歌曼舞，让自己为自己有意无意间选择了一种安乐死的方式。

透支生命等于安乐死亡！?

面对死亡的现实，往往知其然，而不知其所以然。

奢侈在透支节俭，任性在透支节制。

不要刺破规律的气球，不要打乱自然的时序。

俭以养德，德厚才高；静以修心，心静性稳。

——“是以圣人去甚，去奢，去泰。”老子就是这么说的！

贪图生活奢侈叫作灾殃，任性使气叫作逞强纵暴。

报怨以德

大小，多少，报怨以德。

——老子《道德经·第六十三章》

物质的构成很简单。就是自身及其身外之物。

或者，就是内与外，形式与内容。

曾经的伤痛，就像影子。身影和物影，光亮之下，顿时现形。

影子都是变形的物质。有时真实，有时虚幻；有时张扬，有时隐忍；有时乖巧，有时狰狞；有时牵强附会，有时防不胜防；有时无影无踪，有时无处不在。

有生活就有伤害，有光亮就有影子。

影子的温床就是光亮。一点光亮，就能翻倍放大影子，影没了物体本身。杀戮无声，伤语无言。

一束光亮，可能就是一剑寒光。

有时，看到一点光亮，你不要急于认为那是希望的光芒。

工于心计的光亮胆怯于大公无私的阳光。

阳光之下，身正不怕影子歪。甚至，都看不到什么影子，只有真实的物质。

有了阳光，君子坦荡荡，小人长戚戚。

人非草木，孰能无情？人皆非圣人，孰岂能无过？

但是，我们应当学习古贤：“必有忍，其乃有济。有容，德乃大。”[①]

阳光不计较光亮的过往。

阳光之门，欢迎光亮回家。

既往不究，往事清零。归来吧，我们还是一家人。

心齐无不胜，家和万事兴。

以小为大，以少为多，用恩德仁慈去回报所怨恨的人和事。

① 引自《尚书·君陈第二十三》。译文：能忍耐，事情才能成功；能宽容别人，德才算大。

天网恢恢

天网恢恢，疏而不失。

——老子《道德经·第七十三章》

天圆地方，亘古的生存态势。

宇宙的骨架，如此简洁明了。

时空顶天立地。天上地下，流动着水和气。然后，撒下一张网，规守万千物事。

天罗地网。其实是字典里一个忠诚务实的词语，也是人世间一位扬善治恶的使者。大而无形，疏而不漏。联系过往当下，联络古今中外，联结人与自然。

天网，将时空网格化，悬挂在门前。或明或暗警示着我们：什么是行走的边际线？什么是言行的警戒线？什么是罪罚的高压线？

天罗地网间，人无网外之地。

我们只不过是一条条鱼，游历在时间之上、岁月之下、网络之中。

一孔孔网眼，就是一只只眼睛，无时无刻不在紧盯着我们的一言一行、一举一动。

目无网存，任性自我。一旦心欲膨胀，势必躯体扩张。

要么，被一孔网眼卡死。要么，被一张大网困住。

毫无例外。

天罗地网，至柔至刚，至大至小。包容如水，宽厚似气。

举头三尺有神明。心存敬畏，此网不收。知错即改，网开一面。

撒网，是捕大鱼的。

制度，是管小人的。

自然的罗网极为广大，网孔虽然稀疏，但却从来没有漏失。

木强则折

是以兵强则灭，木强则折。

——老子《道德经·第七十六章》

树木各怀心思，各自生长，独生为树，群长成林。

图慕虚荣的根系，催长急功近利的主干，繁荣爱出风头的枝叶。

远处的风，紧盯树梢。

隐患潜藏自身，风险由风而起。

风险在风中搜寻目标。

树高常招风，木壮易受伐。这是树木命理中的定数。

嫉妒的风暴，随时刮起，不受季节的约束。

贪婪的斧锯，枕戈待发。

稍不留神，自己就会为自己种下风险，同时又把自己打造成为别人的目标。

“木秀于林，风必摧之；堆出于岸，流必湍之；行高于人，众必非之。”庄老金言，拉响警笛，长鸣世间。

风险是可控的，关键在于树木自身。

树多成林，苗大为木。赋能而生，自然成长。强壮的身躯，深入厚德载物的大地，无畏斧锯的威胁。繁荣的树叶，向往自强不息的天空，为弱者登高而呼，无惧风暴的袭击。

临风不动，风难成势；临险不惧，险难得逞；临危不乱，危难趁机；临谤不怒，谤难伤人。

就像《神曲》中人:“走自己的路，让别人去说吧。”

走成正义之神，邪恶自会退避三尺。

风行天下。风是大气的全权使者，巡走在时空的天涯海角，既不任性捕风捉影，也不容留死角盲区。

百年树人。在尘世之中，做一个好人真难。

十年树木。在自然之间，做一棵大树也不容易。

所以军队强大而不义就不能取得胜利，树木粗壮笔直就容易遭到砍伐。

鸡犬相闻

邻国相望，鸡犬之声相闻，民至老死，不相往来。

——老子《道德经·第八十章》

一个汉字的启示不亚于一个导师的指引。

从：你和我都应当走出家门，一起走在一条道路上，引领草木一起生长繁荣，让世间充满生命、点燃希望。

如果让一口井溢满水，那只井底之蛙就会一跃而出，再跳进另一口井，亲身体验是否还是同样的困境、同样的格局、同样的命运。

几只青蛙，端坐井外，仰望星空，不用长夜挖思，就能厘清井口与天空的关系。

“我吹过你吹过的风，这算不算相拥？”不算。

“我走过你走过的路，这算不算相逢？”不算！

把问题当作歌曲来唱，再流行也解决不了实际问题。

听闻远方有你，不如实地走走、现场看看、一起聚聚。

地球原本就是一个村庄。

国与国，车船往来，邻里相望。

家与家，择邻而居，鸡犬相闻。

人与人，天房地屋，生死相往。

圣人扮演族长的角色，一再提醒世人：孝悌仁义，忠信贞廉。

修八德、禁私利，则大爱、将大同。

生活在一个村庄里，和睦相处就够了。哪管它什么风雷雨电，哪管它什么爱恨情仇。

画地为牢，定不是最英明的决策部署。

分门别类，也不是最科学的落实措施。

相邻国家之间相互望得见，鸡鸣狗叫的声音互相听得见，可民众直到老死，也不互相往来。

上善若水

上善若水，水善利万物而不争。处众人之所恶，故几于道。

——老子《道德经·第八章》

多言数穷

> 多言数穷，不如守中。
>
> ——老子《道德经·第五章》

言由心生。

推开一扇窗，将灵魂在语言下曝光。

最真的初心，事理的底片，被语言冲洗成像。

语言，披上角色的外衣，先让自己美丽起来。然后，感动他人。尽其所能的包装和推介，以展示自我的丰富与深邃。

经过表述，现实在事实的地平线之上。

天之语，流动成气，时而云，时而雾，时而雨，时而霜，时而雪，时而雹；地之语，凝聚成象，或为山，或为川，或为木，或为花，或为鸟，或为虫；人之语，可以喜，可以怒，可以哀，可以乐，可以愁，可以怨。

然而，物极必反。

一无所有，绝对贫困。

拥其所有，并非富贵。

不言不行。言多必失。

两难，仿如永远不会生锈的锁。锁住真相。

语言如水，经过口腔，川流不息。

今天，我们常说，祸从口出，病由口入。远在殷商，傅说向高宗进谏一言：“惟口起羞。”后来，孔子曾说：“乱之所生也，则言语以为阶。”

一些道理，一脉相承。古已有，今亦然。

天地明白。时光清醒。

老天一直下雨，大地着急，河谷暴躁，湖泊恐慌。

你一随便说话，我就会紧张，为你捏着一把汗。

此时此刻，此情此景。“多言数穷。”一道智慧的光影，从老子的天空，沿着历史的时空，再到我们的心空。

一路闪烁。

最后，端坐在思想的圆心，抛出标准答案——

“不如守中！”

多说话多议论，爱发号令，必然导致加速失败，还不如保持天地中虚静的状态，顺其自然。

上善若水

上善若水。水善利万物而不争，处众人之所恶，故几于道。

——老子《道德经·第八章》

一条流淌至今的河岸上，最先站立着三个古人。他们对水情有同钟，思有所异。

贤人太公预期：愿者上钩。关注当下，中性思维。

智人李耳直言：上善若水。放眼长远，理性思维。

圣人孔丘感叹：逝者如斯。怀忆过往，感性思维。

在榜样的引领下，人们纷纷来到水边。或下岸戏水，或垂竿拨水，或迎风观水。

一直以来，成了一道岸上岸下的风景线。

都与水有关，皆是为水而来。

凝视此水，想起那水，以及天下之水。

小，或为露珠；大，可成江河。

低调，往洼处流淌；高昂，则飞瀑千尺。

静，如此水；动，如此水。动静自如，亦如此水。

流动是水，沉睡为冰，飘泊成云。

不争，不息，不灭。仿如空气、阳光，抑或时光。

可鉴，分析清浊善恶；包容，让一切成为可能；催生，利万物盎然共荣。

一切尽在水中。

水，源泉循道，流淌成德。

水道大德。道通古今，德行天地。

道德的高度，是善。善不仅有高度，还广度和深度。

总之，最高境界的善，就像水一样。

我不知道自己是第多少人次来到水边了。

作为一个站在岸上或者即将下水的人，面对自然流淌的水和水中被香饵紧盯的鱼，我该怎么办?

临水而歌：上则上岸如登从善[1]，善则善于泰然自若，若则若果心即此水，水则水能处下居上。

最高的德行就像水一样。水善于帮助万物生长而不同万物相争，它总是停留在普通人所讨厌的卑下潮湿之处，所以最接近于“道”。

① 《国语·周语下》：“从善如登，从恶是崩。”

长而不宰

生之，畜之，生而不有，为而不恃，长而不宰，是谓玄德。

——老子《道德经·第十章》

与你际遇，缘定一个教学相长的故事。

我燃烧自己的岁月，就是希望能点燃你明天的太阳。

你的成长，促进了我的成熟，比我的渐次毁灭更有意义。

我必须明白自己应该做什么，想必你也知道自己应该怎么做。

给你一扇门，是让你走出有限的空间；给你一条路，是让你奔向梦想的远方；给你一艘船，是让你航向理想的彼岸；给你一个平台，是让你更接近蔚蓝的天空。

从此以后，我不会随意干涉你的行动方式。

相信你，就像相信旭日如期东升，就像相信花儿如期开放，就像相信庄稼如期收割。

拔苗助长的故事依然经典，一直在编纂成生活中的警示教材。

自己的欲望，膨胀了他人的成长，枯萎着他人的梦想。

寓言与现实并不抵触，而是相互置换。这样，我们就更能够读懂寓言，也更能够看清现实。

人物，即个人与人们的沟通相处和个人与万物的和谐相生。

如果要成为人物，就必须顺势而行，顺意而为，顺其自然。

不然，背则离心，悖则后退，逆则生乱。

老子先生早就告诫我们："生而不有，为而不恃，长而不宰。"

"己所不欲，勿施于人。"老子先生的学生孔子先生如是教育他的学生。

长而不宰：教育与被教育者、领导与被领导者、管理与被管理者最核心的人际关系。

让万物生长、繁殖，生养了万物但不据为己有，推动了万物而不恃为己功，导引万物而不妄加主宰，这就是深远博大、不可测知的至德。

致虚守静

致虚极，守静笃。

——老子《道德经·第十六章》

午后禅坐。端详一幅照片，推开一扇心窗。

窗外的风景，刚好被照片填满，拉伸为一幅田园山水画。

无论有没有世外桃源，但定当有人间田园。

画上着色：绿。

主导着色彩的走向。高居在庄稼之上，高居在草木之上，托起生命的质量，生机盎然。

绿是最谦虚的颜色。能包容一切色彩，让另外六种颜色都拥有自己的岗位职责，在不同的季节里摆正自己的位置，扮演自己的角色。

画外之音：静。

水流无声，山立有形，执守一片翠绿。

田园里，翠绿的人生舞台简朴得只有蛙鼓蝉鸣。沉淀所有的喧嚣，以及人为的纷争。

静守自然的本色，一万座山峰不算多，一缕炊烟也不算少。都能恰如其分地表述自己的愿景。

沿着绿的包容和静的执守思考，什么都能想明白。想起国画的留白与写意，想起城市的实在与喧嚣，想起山村的务虚与安静。

生活在匆匆奔波，卷起浮躁的尘沙，向生存的快车拥挤而上。只有时光不紧不慢，跟随着日子，走过一天，走成一年，走了一世。

既要生活着，也要过好日子。

有时，视而不见、若无若虚，或者置身事外、静气于心，也是一种人生态度和处事原则。

虚能容天地，静可纳万物。

达到心灵虚空无明的极致，切实地保持最高度的清净。

希言自然

希言自然。故飘风不终朝，骤雨不终日。

——老子《道德经·第二十三章》

语言是意志的钦差，出使身心之外。

说着说着，又得一天；说着说着，又过一年；说着说着，又是一生。

终其一生。语言，见证生与死。经历了就算成功，哪怕是教训，也属于收获。

说话，必须符合想法。不在于多少，只要能说明问题。

人类说话叫语言，天地表述用风雨。

飘风吹成灾害，骤雨流成洪涝。

我终于禅悟了什么是话多如水。

有时，就是说话多了，也无法左右别人的行动，更不可能篡改自然的规律。

如同水流的快慢，主宰不了时间的亘古节奏，河流的干涸与暴涨，更改不了四季的如约交替。

人心叵测。自然如故。

自然以现象的形式向人类阐述深刻的内容。

一种现象，是一段时间的距离。从生到息、从起到落、从盛到衰、从荣到枯、从来到去、从往到返，都能用时间去衡量现象存在的短长，以及价值取向。

现象，没有永远，只有再现，或者新生。

沉默，是对自信的忠贞；变化，是对自强的坚守；希言，是对自然的遵循。

言不由衷，不如不言；言而无语，不如不言；言行相向，不如不言。

在自然面前，我们没有更多的话语权。

总之，不要多说话，顺其自然就好。

不要多说话，听任万物顺其自然变化。所以狂风刮不了一个早晨，暴雨也下不了一整天。

燕处超然

虽有荣观，燕处超然。

——老子《道德经·第二十六章》

春归春来。似曾相识燕归来。

燕走再来成新燕，巢留门庭是旧巢。

此去经年，竟久违如前世。

最欣赏燕子的不喜新厌旧。春天里，燕子是人们最要好的朋友。

看燕歌舞。我用目光交流，燕以歌舞应和。

伫立故乡老屋前，我问门庭新燕："此地已有新高楼，为何仍归旧时居？""向善而飞，择善而居，因善行事。善地，是最好的荣观；善处，是最高的境地。"燕轻歌而答。

燕问："草根出身，一介平民，何以离开熟悉的老屋，在陌生的城市购置几套新房？"

我答："俗言道，水往低处流，人往高处走。人心求新，负薪前行，欲而不止。心高欲远，反差明显。追波逐流，无奈人生！"

燕子莞尔而笑，曼舞双飞，悠然吟咏："心安即故乡，超然则豪宅。若心美，心外一切皆美；若心静，心外一切静好。负薪前行，欲而不止，唯心重如欲，岂能身轻如我？"

燕子飞去的天空，像一张硕大的空白试卷。我一时无从作答。

更是无法超然。不得不承认客观事实和自我剖析。

有时，人真不如燕。

比如，我。

虽然拥有优美的环境，享受豪华的生活，但也处之泰然，从不沉溺于其中。

善行无辙

善行，无辙迹。

——老子《道德经·第二十七章》

在天空，你行走的样子很美很帅。

不停地走，走出不同的样子，展示天空如此丰富。

君临天下，自信以自豪谢幕。

大地上有什么，你就能走出什么样子。大地有万物，你在天空走成万象。甚至，走出大地上没有的景象。

风吹过大地，然后以炊烟的方式，冉冉升起。于是，你借风而行，走出风云。

所以，你不是纯粹地行，不是简单地走，更不是为行而行、想走就走。

面对风云，必须以思想来应对变幻。

仰望天空中无时不在运动的你，我油然想起时光在争分夺秒地奔走，想起生命在一时一刻地流逝。

你行走的时候，时而低沉山川，似乎触手可碰；时而高远苍天，让人可望不可及；时而行云流水，时而轻歌曼舞，时而天马行空，时而循规蹈矩……

你行走的时候，不时黑云俯地，不时白云旅天，不时彩云如霞……

无论何时何处，只要行走，一切都是最美最帅的样子。

即便有时雷霆般发怒，一阵暴风雨之后，依然归还天空一片

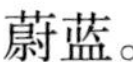

蔚蓝。

绝不让一缕白云为自己辩解，绝不在天空留下一点蛛丝马迹。

也绝不为天空开放一朵遗憾，炒作一片舆情。

苍穹之上，善行者，方为天使。

天空中，你是最善于行走的使者。

善于行走的，往往不留下任何痕迹。

数舆无舆

> 此非以贱为本邪？非乎？数舆无舆。
>
> ——老子《道德经·第三十九章》

在数以万计的汉字中，我最早识读的是“一”字，一直以来最喜欢的也是“一”字。

“一”是光环之根，亦是荣誉之本。光环之源是光，光照的形式始终整齐划一。热烈鼓动的掌声花繁叶茂，深入土地的根，久久归一，为干茎夯实基础。

“一”是地平线，平衡着天高地厚；“一”是健康线，支撑着富贵名利；“一”是中庸线，调和着左右上下。

把握了“一”，便能以一持万、以一驭万。

既要专一执着，又要稳重持平。“躺平”势必亵渎“一”的取向。

再也没有什么比金钱更有说服力了。

当你正处贫困，能够解决衣食住行实际问题的金钱，就能点亮燃生命的火光；当金钱超越了日常支付，余下就积聚起生活的财富；当金钱多得让你习以为常，存储的只不过是一组组枯燥无味的人生数字。

君不见有人叹息：“我现在贫穷得只有金钱了！”

一块普通的石头，就不要做着美玉的梦想。万物是实事求是的，逻辑也是通情达理的：

——石块的坚实等同于美玉的华丽。

一块土地不满足于生长庄稼，你我他不满足于按劳分配、唯需所求，这种想法一定是很危险的。如果付诸行动，就会面临清零的惩罚。

什么都想拥有，最后又会拥有什么？

生命是物质状态的充实。

生活是精神形态的丰富。

人生是思想业态的精彩。

这难道不是把贱当作尊贵的根本吗？不正是这样吗？所以汲汲追求过多的荣誉等于没有任何荣誉。

珞珞如石

是故不欲琭琭如玉，珞珞如石。

——老子《道德经·第三十九章》

地壳运动的革命风暴后，石头毅然飞离山岩，以珞珞的精神风貌散居在山间、田野，又以石头的生活方式回避喧嚣与红尘。

珞珞之石，千姿百态，大小不一，个性各异，在大地之上守望同一片蓝天、同一轮日月。

奔赴历史深处的相约，走在一起，手牵手、心连心，用默契取长补短，以基石的身份完成道路的使命。

驿道，用石头贯穿山水，连接村庄与城市，连接历史与现实。

规规矩矩的石头，整齐地站成石阶，让人们拾级而上，步步登高。

三百六十五里长路啊，那是一条神奇的天地之道。让风雨飘过，让阳光驻留；让花儿开过，让果实驻留；让理想走过，让信念驻留；让青春逝过，让岁月驻留。

一块块珞珞之石，默默耕耘于泥土，默默奉献给草木，共同塑造一座座山的形象。

不与岩崖比伟岸，不与磐石论大小，不与石林争恩宠。

看见山地中的珞珞之石，我以阳光的思维联想起我们亲爱的老师。

思想在九月成熟和丰收。风雨击响热烈的掌声，稻浪的感恩舞动阵阵馨香。正在啄食硕果的鸟儿，歌声比春天还响亮。

做一块珞珞之石，并非你我的宿命，而是我们共同的抉择和坚守。

珞珞之石，就得为道路负责。

谦谦为师，就得为学生负责。

我们是老师！

不求琭琭如玉，但为珞珞如石。

所以不追求光泽华丽的美玉，要像石头那样坚实而不张扬。

善贷且成

夫唯道，善贷且成。

——老子《道德经·第四十一章》

万物当有我。

在天地之间，在皇天后土之上，我是万物分之一。

你是否与我一样感同身受?

天做房，地当床。我们是天地一家人。

天即父，地则母。万物是天地的子民。

天圆地方，偌大的时空，构筑人间乐园。

父慈母善，无言的大爱，抚绘人生美景。

善，是那么具体；贷，是如此形象。为防御寒暑，每一方瓦片携手成屋面，每一块砖石集聚为房墙。还有，每一扇门窗，都在为自由进出而开放、为阻击风雨而紧闭。

家是房屋的灵魂居所，归于安静，留存温馨。

在家里，我们站着，就是顶梁柱。躺下，也是追梦人。

禅坐品茗：水慢尽，杯犹在。一杯茶的工夫，生命向前走了几分钟。杯空杯又新，人饮人渐老。

静观云水：云是灵气的水，水是顺心的云。在天为云，在地为水。云降成水，水升润物。不在乎自己的生存环境和升降得失，只执守于为万物服务、为天地履职。

杯子哲学，仿佛一杯茗茶般清晰。

云水禅心，具象亦如一场及时雨。

大道不孤，万物一家。天道地德，是没有岁月的生命，是没有四季的年度，是没有生老病死的人生，是没有二十四节季的日历。

天地划出了道德的边界，将一切交付给万物。

万物繁衍生息，天地乐此不疲。

歌咏天长地久，何叹物是人非！？

只有“道”，才能善于辅助万物开始，并推动万物走向成熟。

大成若缺

大成若缺，其用不弊。

——老子《道德经·第四十五章》

没有谁会质疑苹果的圆形。越硕大似乎越圆满，也几乎越招人爱。

一枚苹果，不知被谁不小心咬了一小口。一种商品，以此为突破口起飞，搭乘网络的翅膀，飞翔成信息化品牌的天空。

气球，气多则鼓。越鼓越圆。越圆，越易爆裂，不堪一击。

水杯，水满必溢。可能烫手，还势必造成浪费。

有人，富得只剩下赤裸裸的金钱了。他也明白，自己还缺少点什么。

事实不时会突破初衷，成为无法回避的现实。

百分之一的天赋，加上百分之九十九的勤奋，等于百分之百的天才。纯度为百分之九十九点九九的黄金，同样是百分之百的金贵。

其实，人世间没有百分之百的天才，万物中也没有百分之百的黄金。

圆滑在为圆满找借口，圆滑的本质与虚假息息相关。虚假的背景隐藏着陷阱，陷阱上面覆盖着鲜嫩的花草。等待着失重的蜂鸟，以及莽撞的野兽。

追求完美，出发点是对的。精益求精，落脚点也是对的。但是，如果苛求完美，就偏移了初心。

“我说风雨中这点痛算什么，擦干泪不要怕，至少我们还有梦。”上世纪的一句歌词，依然在点拨生命的灯芯。

“大成若缺，其用不弊。”几千年前的一个话语，一直在纠正人类思维的航向。

一线光亮，照耀满屋。

一米阳光，万物生机。

完美的东西好像存在着缺失，可是它的作用永远不会衰败。

见小曰明

见小曰明，守柔曰强。

——老子《道德经·第五十二章》

小把大存储得明明白白。一个U盘至少相当一本书，一个硬盘大致能抵一个图书室，一个芯片轻松玩转网络世界。

在某种逻辑里，大小相等，没有大小之分。

“千金为半，二文为满。”① 一个典故，就是最好的论证。

秉持道的钥匙，打开德的门扉。走进室内的小，推亮窗外的大。一片天地，日月照耀，世上光明，人间清明，内心精明。

思想非凡而寻常，但行动不能习以为常。

勿以事小而不为。在星火、萤火的流程中，也描绘光辉的形式与内容。心灵被光镀亮，黑暗置身事外。

不用质疑“三岁看大，七岁看老”的谚语。同时也要明白，五十虽知天命，但仍是未央之年。

思维之路，常常散落着一些敢于做证的词语。比如，见微知著、一叶知秋；又如，细节决定成败、滴水折射太阳；再如，一花一世界、一叶一菩提。

它们，就像路边寻常生长着的小草、野花，乃至荆棘。见惯不惊，以至漠然忽视。但是，通过它们，我们见证了生命的长久与坚强。

① 袁了凡《了凡四训》:“此千金为半，二文为满也。”

小是大的态度，大是明的前因，明是大的后果。

探微知小，以小见大，大至得理。

最后，什么都明白了。

能够从细微处察见事理的叫作“明”，能够守住柔弱的叫作“强”。

善建不拔

> 善建者不拔，善抱者不脱。
>
> ——老子《道德经·第五十四章》

根深枝繁叶茂，树一旦长高长大了，要想凭人力拔掉几乎是不可能的。

树自身防范化解重大风险最好的办法，就是让自己持续茁壮成长。同时，还要团结成为一片森林。

每一棵树，都朝着生态文明的方向生长。

建树，是树一生的价值追求，也是树茁壮成长的深刻理论。不一定非要长成参天古木，但一定要能够经受风雨而自然生长。

焚烧、砍伐甚至连根拔起的行为，将被列入生态文明建设的负面清单，整改的代价，可能就是或大或小的自然灾害。

筑巢而居，居家生活。

家是生活的舞台。

房屋以建树的理念构筑家园，在农村叫美丽乡村，在城市叫宜居之城。

专业术语，叫建筑。

建筑不是简单的砖石垒成，也不是复杂的钢筋混凝土组合。建要遵循理论指导，筑要符合逻辑思维。

自然是建筑的蓝本，奇葩是建筑的败笔。

懂得建筑的人是建筑师，建筑师的作品是建筑。

建筑演绎凝固的生活乐章，一直站立在大地之上，百年不

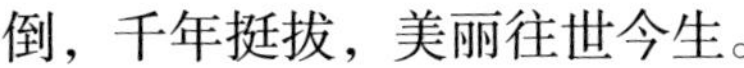
倒，千年挺拔，美丽往世今生。

像建树那样做人，遭风雨而不动摇，遇沉浮而不迷路。

像建筑那样生活，挺拔在时空之中，让岁月开放成生命的花朵。

天长地久，日积月累，不言放弃。立德、立功、立言，人生渐入佳境，经世难以衰败。

善于建树功业的不会动摇，善于抱持的不会滑脱。

知者不言

知者不言，言者不知。

——老子《道德经·第五十六章》

从来没有听到太阳说过一句话，也从来没有看到哪一天太阳少了一丝光芒。

太阳的恩赐是智慧供给。就像植物，只关乎顺其自然地成长，不在乎滥情矫饰的推介。能够光合作用，就心满意足了。

感恩无言，这是阳光最喜欢的方式。

沐风浴雨是一种修为，春花秋实是一种境界。草木，语言以花朵的姿态表达，思想以果实的形态阐述。庄稼，语言以五谷的方式表达，思想以粮食的形式阐述。

果实是花朵凝固的语言，用成熟证明一切。

粮食是五谷沉默的语言，闪烁着金色。

不能用绝对数的思维将不言等同于无言。

不言辩证地拒绝无言。

纵有满腹经纶、千言万语，也得当言则言，不当言则不言。或者，尽量少言寡言，务必谨言慎言。

（案例链接："言宜慢、心宜善"6字家训，让山东琅琊王氏家族规避了不少劫难和考验，从东汉至明清1700多年间，培养出了36个皇后、36个驸马、35个宰相，被称为"中华第一望族"。）

四季如春，是千古时节的悖论。当然，也有人津津乐道。

夸夸其谈，一时耳娱。撕开言语的背面，是一扇冏斜的后门。如处茫然境地，找不着北，摸不清南。

侃侃空谈的人，只有他一个人在极力地证明自己是聪明的人。

（拓展阅读：“纸上谈兵”的典故。）

真正的智者不喜欢空谈，喜欢空谈的人不是真正的智者。

光而不耀

是以圣人，方而不割，廉而不刿，直而不肆，光而不耀。

——老子《道德经·第五十八章》

日和月，是照亮时间的灯盏。方式不同，使命一致；境遇不同，格局相仿；日月不熄，光照千秋。

日月同辉。阐述关于光的历史，以及有关光阴的故事。交流世间岁月，定格天地时光。

日光行走一寸距离，时光流走一个时辰。

太阳与月亮，光阴中最恩爱的伴侣，走在今生今世，走向永生永世。相隔一天的思念，恩爱日增，绝不作秀。不时时相守，却日日相思。一日或者半月，是最相思的距离。

彼此生命中的一抹光亮，照耀着爱情。不刺眼，仿如春光。

光阴，生命最需要的载体，生存最契合的内涵。

因为光亮，日月则明。日月旅程，光明前程。

日月将时间弥漫在空气里，时间将光阴贯穿岁月中，让昼夜更迭，让生命连续，让人生起伏，让爱恨交融。

光而不耀，日月精神，时光密码。

面临物欲横流，我们当以精神坚守。从当下穿越到远古，再让远古的光影成像当下。时光只有“三天”短长：昨天—今天—明天。

如果顺境不张、得势不扬，时光就会过期作废吗？
如果有乐慎行、掌权慎用，光阴就能算是虚度吗？
如果为爱坚守、为情等候，岁月就会因此荒废吗？

所以得道的人，很方正但不割伤人，有棱角但不刺痛人，正直坦率但不放肆无忌，光洁明亮但不刺眼炫目。

美行加人

美言可以市尊，美行可以加人。

——老子《道德经·第六十二章》

在教书育人的大道上，你行走的样子总是如此美丽。

轻轻一起步，就让我们感受到了前进的力量；盈盈一摆手，就让我们看到了未来的方向。

坚定的步伐，用时光把岁月刻画成生活的图章，用岁月演奏成生命的交响。坚毅的脚印，宛如用不尽文字，一直在书写人生这篇大文章。

三尺讲台，长长海岸线。

站在自己的舞台，举手投足间，亦是唯美的舞蹈。

就像一叶风帆，舞动一艘轮船；就像一艘轮船，舞动一片大海。

虽然看不到自己的舞美，但是你仍然坚持在舞蹈。

就像一支红烛，始终在照亮别人，燃烧自己。

一间教室就是一个自然界。在这里，你是一座山岳，我们是一片峰林。你用粉笔在黑板上导航，我们分明看到了蔚蓝的大海，以及诗和远方。

你行走的时候，语言紧密相随。潺潺的溪水总是顺着道路的方向流淌，一路赢得了鱼类的尊敬。它们以鱼跃龙门的方式向流水行致敬礼。

你行走的身影，媲美大地上的天使。下自成蹊的杏苑，桃李满天下。

蓦然回首间，那是一生最美的风景。

言行一致，知行合一，成就道德。

言传身教，以身作则，堪当师范。

美好的语言可以赢得别人的尊重，美好的行为可以勉励别人。

慎终如始

慎终如始，则无败事。

——老子《道德经·第六十四章》

独行岸上，静观一条河流的流淌。

水流是流水的前世今生，流水是流淌的返璞归真，流淌是奔流的原始动力。每一次流水皆起于水流，每一次流淌皆源于水流，每一次奔流皆归于水流。

流是水一成不变的语言。

流是水一如既往的行动。

流是水一以贯之的思想。

水流不尽，前后相随。

流动的水不会苍老。向前，向前，始终没有看到一丝回溯的皱纹。

前方的前方，是远方。远方有长江大海，那是河流的家园。河流的家园，是水最美好的未来。

水流动着思维，启迪着智慧。把一分一秒的时间流淌成泱泱的历史长河。

清澈的初心，流动的使命。河流是流水的归宿，江河是流水的回报。

水归江湖，人行致远。临水而歌，向水而行，行如此水。

风景这边独好，意境美美与共。

现实明镜般照射着人间百态，折射出人情世故。

我们稍不留神就会重复挖井的故事，稍不清醒就会误读“行百里半九十”的警箴，稍不执守就会跌沉“最后一公里”的瓶颈，稍不理智就会热衷又双叒叕的时髦。

抛弃初心，势必让精神在裸奔；忘却使命，无异于“皇帝的新装”。

离开了水的引导，人是不是将会变得急躁、动摇？甚至叛逆，或者逆反？！

如果在事情结束时能像刚开始时那样保持慎重，那么就不会失败了。

被褐怀玉

知我者希，则我者贵，是以圣人被褐而怀玉。

——老子《道德经·第七十章》

我一直在想，那个独钓寒江雪的孤舟蓑笠翁，是不是就是一个世外高人？守江雪之景，钓炽火之心。

外面的世界很洁净。他的身心永远不会寒冷。

我也一直在想，那个闹市卖柑者，是不是就是一个世内真君？洒逸败絮其外，执守金玉其中。

表达思想的方式成了经世典范。他的未来始终都是赢家。

（当年，孔子赴周国问礼于老子。老子说：“君子盛德，容貌若愚。”圣人相约一时，金句流芳百世。）

一直以来，时光都以圣贤的步履在行走。

看风景，看问题，看过往。角度重要，高度重要，时间重要。

有时，一个意境就是一幅蓝图，一个身影就是一盏航灯，一个故事就是一则经典，一句话语就是一枚指针。

我们是人的群体，就像滴水成河。

世俗是一场停不下来的诱惑。

不在乎别人在乎什么，不在乎自己在乎什么。或者，在乎别人在乎什么，不在乎自己在乎什么。或者，不在乎别人在乎什么，在乎自己在乎什么。

都很难。

要么，成为圣人。至少半个圣人。

有时，形式并不那么重要。关键是内容。

但是，形式一旦就变成了主义，那就颠覆了内容，远离了本质。或者，丧失了本质。

了解我的人相当稀少，取法于我的人更为难得。因此，圣人不被人们了解，就像是外面穿着粗布衣裳，而怀风却揣着稀世美玉。

正言若反

正言若反。

——老子《道德经·第七十八章》

语言如风。人类灵魂与自然规律依靠风来沟通。

风是有方向感的，有大小状的，有急缓势的，有针对性的。

起风了，卷起沙尘般的语言，漫天飞舞，把自然界读个透彻。

风承载着思想方舟，荡漾在人与自然之间。

你和我，风行四季。渐行渐远，把时光漂泊成岁月。

春风十里，看不到你。驿站无人，空空如也，删除了长亭送别的仪式。

夏风百里，追不上你。曾经热烈盛开的荷花，匆匆而去，在前方溢出一池粉红色的回忆。

秋风千里，恋不了你。雁字南飞，秋水蓝天，白云无奈紧跟随。

冬风万里，留不住你。千树万树梨花开，阳光赶到，却找不到其中的一朵。

顺风而行，我是你最近的粉丝，你是我遥远的偶像。

总有一段风的距离。

或者，迎风而上，我是不是就能走近你，与你在某一个轻风细雨的午后际遇，在某一个风调雨顺的季节相聚。

你是我的朋友。迎风而上，逐步走近你。

绝不在你的身后兴风浪、捅刀子！

我将执守着为你喜而喜，为你乐而乐，为你忧而忧，为你愁而愁。

同时，我也会向你泼冷水，对你当头棒喝。这样，可能让你猝不及防、尴尬难堪。也可能产生误会，造成误解。

行走在路上。春风拂面，喜形于色；冷风吹背，寒气穿心。

做事由本心。良药苦口，药方要开，吃不吃是你的事；忠言逆耳，丑话得说，听不听也是你的事。

我是你的朋友。我以这种方式爱你，到底对不对？

正面的话听起来就好像是反话一样。

美言不信

信言不美，美言不信。

——老子《道德经·第八十一章》

金色的丘比特之箭，静静地搭放在精美的弯弓上，长着猎人一样的眼睛，时刻准备着射向两颗萌动的心。

两颗受伤的心，能培育出爱情的种子、繁荣成美丽的家园吗？

《受伤的心》《为什么受伤的总是我》……曾经，我们唱得不多吗？听得不多吗？看得不多吗？词曲很柔美，歌声很凄美，现实很冷美。

西方神话，代表不了东方经典。

莺歌燕舞，表达不了春暖花开。

实在得如同生活一样的爱情，没有必要用诗歌的方式去表达。

口中含着糖，你还说出来甜的滋味？

糖是真实的，味道你说了算。

爱不仅要大声说出来，还要明白告诉——他，或者她。

用不着猜想。

有些情感，一猜一个错，越想越糊涂。

此时此刻，真的美言不信？

诱惑抑或谎言之门金碧辉煌，一旦推开，里面一片漆黑。

美言原本就是表达的一道风景，我们不能阻止他们的存在和行动。

美好的商品，不仅需要贴上精美的商标，更需要创意唯美的广告。

“信言不美”！？

“美言不信”！？

不管是什么语言，你说不说由不得我，我听不听由不得你。

题记译文

真实的话不漂亮动听，漂亮动听的话不真实。

附录

东方智慧的文学书写与当下之思

——王定芳文化散文诗集《临水而歌》论析

杨思辉

定芳其人，谦谦君子。一个具有真性情真情怀的散文诗人。在繁忙的工作之余，对文学孜孜追索，其散文诗在国内多家报刊发表，曾荣获世界华人散文诗大赛铜奖等奖项，著有散文诗集《田野的哲学》等。新著散文诗集《临水而歌》独辟蹊径，令人耳目一新。他深入挖掘中华优秀传统文化时代智慧和价值，将《道德经》中人们较为熟知的智慧箴言与文学联系了起来，用散文诗艺术的形式阐释和解读其中的核心要义和思想精华，在对这些智慧箴言的参悟中融入宇宙、社会与人生思考，寓奥于诗，这不仅是一个宏大的课题，也是一次具有独创性的文学尝试与探索。定芳积累年之功，从古代典籍中寻找文脉，带着自己的人生阅历与文学经验，走进老子的心灵世界，用现代人的眼光去审视和解剖文本，寻求老子哲学智慧与现实社会的连接，对老子《道德经》拥有的东方智慧进行诗性的文学书写与当下之思，将《道德经》演绎出了现代意义。《临水而歌》横空出世，不仅丰富了散文诗创作的内涵，开创了散文诗阐释古代典籍的新范式，而且对以《道德经》为核心的老子文化的普及、传承具有重要的现实意义。

壹

有人曾经这样说，如果把中华五千多年文明比喻成一条河，那么《道德经》就是这条河的源头；如果把五千多年文明比喻成一棵树，那么《道德经》就是这棵树的根；如果把五千多年的故事比喻成一本书，那么《道德经》就是这本书的总纲。

《道德经》作为先秦的一部道家经典，堪称中华文化的思维起点，它与希腊哲学一起被认为是“世界哲学的源头”。《道德经》拥有一套玄奥的思想体系，它是一部论述宇宙、人生、政治、社会的哲学大书，是方法论大全，辩证法思想的总纲。《道德经》揭示的真理是极其深刻的，值得后人从不同的角度仰望。在人类认知的童年时代，是老子引领人们走出感官和物质的简单体验，去思考形而上的“道”，揭示出万物存在根源和规律，发现人类生命存在的秘密。它直抵人心的个体层面，道尽了人生的真谛；它帮人释疑解惑，教人忍辱负重，让人摆脱郁闷，陪人走出困局，“老子就是在那个漫漫长夜中与你促膝长谈的心灵导师”。所以有人把老子《道德经》称为自己的“生命之书”。《道德经》流传两千五百多年，它思想的光芒依然闪烁，至今人们依然像挖掘宝藏一样研究它、解读它，留下堆积如山的学习、感悟、鉴赏、研究《道德经》的著作和文章，无数的睿智饱学之士都在谈论老子，欣赏老子，研究老子。然而，这部经典古书数千年间，由于时代久远造成的语言文字古涩玄奥，给现代人设下无数的解读障碍。《道德经》不确定的东西实在太多，歧义、衍义和真义难以勘定，因而争论和分歧也很多，所以也有人形容它为天书、迷宫。可谓“千人读老，千般景象”。尽管研究、注

释、解读《道德经》的人数不胜数，读过《道德经》的人也数不胜数。但是，如人们所说，谁能自称读懂了《道德经》？谁又能自称完整、准确地注释了《道德经》？河上公、王弼的注释也不是完美的。当代的任继愈、陈鼓应老先生翻译注释的版本同样有人诟病。那定芳为什么要以散文诗的形式阐释和解读老子《道德经》？是不是也如余秋雨先生所说的“希望能在枯燥的学理和考订之间保持畅达的灵性”？还是想运用《道德经》智慧的金钥匙打开现实问题之锁？抑或是从老子智慧箴言中获得的感触与灵感，非散文诗这种文体而无法最理想地表达的需要？我们不得而知。定芳在《临水而歌》后记里说：“大好春光，应当普照背负希望行走的人们。作为散文诗人，有责任传承中华优秀传统文化。独自阅读，首先得让其照耀自己。然后选择散文诗联线，启动灵犀开关，点亮你我的精神家园。”这可能就是我们论析《临水而歌》的一把钥匙。

贰

《道德经》五千言，一言万端，泽溉千古，字字珠玑。上百条箴言、晶莹隽语流传至今，成为人们日常用语。在我们过往的日子里，曾经有很多人觉得那些玄之又玄的箴言，似乎和自己的生活没有很大的关系，其实里面蕴含着极其深刻的政治智慧和高明的人生智慧，并时时刻刻游荡在我们身边，影响着我们的言行。“上善若水”“无为而治”“处下不争”“祸福相依”“以德报怨”“出生入死”“天长地久”“有无相生”“道法自然”“为而不争”“知人者智”“宠辱不惊”“少私寡欲”“天网恢恢”“功成身退”“大器晚成”“大音希声”“大象无形”等都是千百年来竞相传诵和引用的经典名句。这些经典名句经过定芳质朴精到而又富有诗意的现代阐释和深度淬炼，传递出种种人生的经验和见识，使藏在《道德经》典籍里的大智慧赋予了新的时代意蕴，为人们更好地认识、了解《道德经》思想精华提供了全新的视角。

第一辑《道法自然》，突出“道”这一元素，包括“有无相生”“道法自然”等共20章。“道法自然”是老子思想的一个核心命题，它从特定层面溢露着老子的哲学智慧：人类社会与自然界都必须效法“道”，而“道”只是效法自己而已。老子说：“人法地，地法天，天法道，道法自然。”（第二十五章）老子强调“道”是永恒的、无限的、同时也是不可言说的，它存在于万事万物当中。定芳从老子的“道法自然”中悟出许多新解：“自然是时空的智能终端和终极载体。/人与自然就是一条道路的距离。或近或远，或长或短，或宽或窄，或明或暗，或直或曲，或平或仄。/……人法地，则仁爱守义；地法天，则深厚高远；天法道，则万变不离其宗；道法自然，则尽得天时地利人和。/……道，自然的宪法。也是行走成路的规章。/人与自然和谐相处，必须向道而行，顺道而为。/天地间如果没有道路，人类就寸步难行。/自然，也就不成其为自然！”自然界的万物各有自己的属性，不要强迫去改变它、改造它，要顺其自然、因其自然，不要逆其自然、背弃自然。这就是说，我们生活在这个由道化生出来的天地之间，就要以道和天地的法则为我们自己的法则，道的法则是什么呢？就是自然。

在诸子百家中，老子的哲学思想最深刻，是名副其实的辩证法之父，有着无比丰富的辩证法思想。老子的神奇在于，他在那么远古的年代里就看出了事物的另一面。如“有无相生”“反者道之动”“大直若屈，大巧若拙，大辩若讷”“正言若反”“知足不辱”等观点，表现了深刻的辩证思维。在“有无相生”这一章，定芳同样给出颇具辩证思维的阐释：“……人，其实是没有反义词的。但我们总是在有无中探索，在难易中奋进，在高下中沉浮，在音声中享受，在前后中争先，在远近间奔波，在轻重间掂量，在大小间平衡，在得失间抉择，在取舍间考量……”这样的阐释，是经验的审度与感悟，是人生阅历与实际感受的文学表达。

宠辱若惊还是宠辱不惊，这是一个众人关注的话题。人们往往用“宠辱不惊”来评价一个有定力的人物。老子主张的是一种“宠辱不惊”的旷达胸襟。他告诫世人，为人与为政既不可“居功”，患得患失，又要“功遂身退”，正确对待“宠辱”，不可受宠若惊。定芳对“宠辱若惊”的阐释又有不同寻常的感悟。他从大雁南飞里寻找到启示：“最适合独处的方式，就是端坐秋水北岸。/仰卧成大地，以湖为镜，凝视天高气爽，雁字南飞。……一秋镜湖，读懂四季。/一行雁阵，演绎人生。/携风而立。禅思季节循回，以其时光一路向前。/季节没有战胜时光，时光也没有输给季节。/在客观公正的岁月面前，谁都不是赢家。/有人说，受宠若惊。只不过是一句客套话而已。/还隐藏着形式主义、官僚主义的影子。/真的如此吗？”从某种意义上说，这种感悟也说明定芳在多年的人生历练与实践中，培养和锻造了他透过现象看本质的眼光和穿透力！

老子主张不要老是讲什么圣智呀、仁义呀、巧利呀的，这些都是用来文饰的，不足以治理天下。所以要让人们有所依皈。老子的替代建议就是“见素抱朴，少私寡欲”（第十九章）。就是说要在意素净，坚持朴质，减少私欲，控制欲望。老子认为，愈是对外物攀援、执取、迷恋就愈是达不到目的，极端、奢侈、过分的行动和作为，必然遭致彻底丧失和失败。定芳在“见素抱朴”这一章写道：“……大道至简，大爱至真，从一而九，九九归一。/一花一草一春天，一山一水一世界，一人一物一社会，一生一死一人生。/简单是一种丰富的方式，有着纯洁的外延，以及朴素的内涵。/在简单的岁月里，我们读着‘人之初，性本善’，却记不住‘性相近，习相远’；在简单的光阴里，我们追求返璞归真，用阳光曝光虚伪和狡诈；在简单的生存中，私欲没有存活的空间，很多事情没有想象中那么复杂。/ 上人若素，上品若朴。/ 人字没有繁体字，简单了，好记好写。/ 生活没有后悔药，真实点，能屈能伸。”定芳对“见素抱朴”阐述的大抵意思是人们要保持一个朴素的思想境界，本色自然，表现单纯、保持朴实，心简单了，世界也就简单了。

“天道无亲，常与善人。”（第七十九章）这八个字是“道”与“善”的再度结合体。老子认为，即使强大了，也要以德报怨，不求报偿，不责于人。于是，一个“善”字就能改变祸福轮转。定芳以自己的人生阅历对“天道无亲”体悟精深：“……天地上的万物，包括人类，都是天空的子民。/ 天人感应。上天对待万物如同父母热爱子女，血脉相连，心灵相通，爱无偏私，情无所指。/……天空如镜，鉴临大地。/‘天聪明’，佑善人！ / 天道铺就善行的基石，煅塑公平正义的牌坊。不设置后门，不优亲厚友。/ 人在做，天在看。善心常存，善行常践，善为常修，百功得立，百德得成，百业得兴。/ 怀善之人，循道而行。清清白白，真真实实，了凡私心，无事不成，何忧何愁？……”道作为万物存在的根源和根据，是超越世俗道德价值之上的，天道无为而任自然，但其结果却是常常帮助善良的人。作一个善人，心中有善，常善一切，你即使还不认识天道，天道也已经认识你。

第二辑《上德若谷》，突出“德”这一元素，包括“少则多惑”“上德若谷”等共 20 章。“曲则全，枉则直，洼则盈，弊则新，少则得，多则惑。”（第二十二章）老子的这些“逆向思维”结构，深刻改变着我们这个民族的深层思维和心理结构。为什么“曲则全，枉则直，洼则盈”，为什么“少则得，多则惑”，这里面潜藏着的智慧，人们似乎各有体悟。一种是老子说的是对的；另一种是仍然一味追求无曲之全，无枉之直，无洼之盈，刻意自是、自伐、自矜。定芳对“少得多惑”的体悟是：“一池水

的格局，取决于容纳的多少。物少则清，物多则浊。一个人的境界，决定于取舍的多少。少取则廉，多索即贪。”这就是“少”与“多”的关系，大智慧啊！如果没有丰富的人生阅历与实际经验，没有认真去悟“道”，就很难体会“少得多惑”的真正含义。

在“知足不辱”这一章，定芳从美酒的诱惑展开叙述：“一杯酒飘香，二杯酒入肠，三杯酒交友。/ 多杯酒，醉人，醉己。/ 醇白的酒，随口出入。淬炼血红的利刃，驾驭在心上，切割着生活。/ 为情伤身终薄情。……醉生梦死，透支今天。/ 明天，形同海市蜃楼。一切美好转头空。/ 如果把日子放纵在幽暗的斑斓里，生命就会遭受屈辱。”他的这些充满智慧的文字，对世道人心的把握与审视精当深刻，对当今社会中那些“溺于物”、其内在精神危机与心灵焦灼的人来说，无疑会有解毒、清热、醒脑之功效。

老子认为，高尚的德，好似低谷。定芳用一首十分优美的散文诗来阐释道家的特性——“上德若谷”：“紧跟一条河流，一帘瀑布，一阵山岚，走向川谷纵深，我终于读懂了一个成语——虚怀若谷。/……在这里，我一直没有看到川谷盛满山川和水满自溢的样子。预留那么大的空间，让空气充实，气流顺畅，就像一幅老祖宗传承下来的山水画，大片留白，写意神韵。/……上德若谷。依道而行，则成德。/ 上善若水，在万物之中，还有谁比水更懂得谦虚呢？……”我们平时讲的做人做事的品德，恐怕也离不开这种“谷”性。这一章也可视为对真善美之道德的赞颂！

第三辑《上善若水》，突出“善”这一元素，包括“多言数穷”“上善若水”等共 20 章。在自然界万事万物中，老子最赞美水“水”，“水”成为老子喻理达意的典型形象。老子认为水是最接近道的。“水善利万物而不争，处众人之所恶，故几于道。”（第八章）老子用七个“善”即“居善地”“心善渊”“与善仁”“言善信”“政善治”“事善能”“动善时”道近了水的行动品性，揭示了“上善”的道德品性。“上善若水”成为老子《道德经》中的翘楚之篇。定芳是从三个古人即太公、老子、孔子对水的认知开始，对“上善若水”的感悟进行文学叙述：“……凝视此水，想起那水，以及天下之水。/ 小，或为露珠；大可成江河。/ 低调，往洼出流淌；高昂，则飞瀑千尺。/ 静，如此水；动，如此水。动静自如，亦如此水。/ 流动是水，沉睡为冰，漂泊成云。/ 不争、不息、不灭。仿如空气、阳光，抑或时光。/ 可鉴，分析清浊善恶；包容，让一切成为可能；催生，利万物盎然共荣。/ 一切尽在水中。/ 水，源泉循道，流淌成德。/ 水道大德。道通古今，德行天地。/ 道德的高度，是善。善不仅有高度，还广度和审度。/ 总之，最高境界的善，就像水一样。……”定芳这些阐释的文字是很美的，从另一侧面反映了“水”的品质和功用来喻人之性格、意志、道德、涵养等品性，并通过“水”的象体，来领悟“道”的含义。

老子说：“民之从事，常于几成而败之。慎终如始，则无败事。”（第六十四章）就是说，老百姓做事，常常是已经快要做好了的时候，反而失败了，所以说要慎终如始，像开始一样慎重地对待事情的最后阶段，也就不会坏事了。定芳从“独行岸上，静观一条河流的流淌”展开想象的翅膀，用“水流与流水”启迪智慧，阐释“慎终如始”：“……水流动着思维，启迪着智慧。把一分一秒的时间流淌成中央的历史长河。/ 清澈的初心，流动的使命。河流是流水的归宿，江河是流水的回报。/ 水归江湖，人行致远。临水而歌，向水而行，行如此水。/ 风景这边独好，意境美美与共。/ 现实明镜般照射着人间百态，折射出人情世故。/ 我们稍不留神就会重复挖井的故事，稍不清醒就会误读‘行百里半九十’的警箴，稍不执行就会跌沉‘最后一公里’的瓶颈，稍不理智就会热衷又双叒叕的时髦。/ 抛弃初心，势必让精神在裸奔；忘却使命，无异于‘皇帝的新装’。/ 离开了水的引导，人是不是将会变得急躁、动摇？甚至叛逆，或者逆反？！”做事贵在坚持，做任何事要善始善终，坚持到底，直到成功，也就是人们常说的：谁笑到最后，谁笑得最好。

老子告诫人们，要存养仁心，要管好自己的心智和嘴巴，话说多了，往往会使自己陷入困境。这就是我们平时说的言多必失。因此，尽量处事戒多言，保持虚静沉默，把话留在心里。几千年来，“多言数穷”成为中国人为人处事的一种智慧。定芳于不可言、不可多言中和盘托出“多言数穷”的玄奥意旨：“言由心生。/ 推开一扇窗，将灵魂在语言下曝光。/ 最真的初心，事理的底片，被语言冲洗成相。……此时此刻，此情此景。‘多言数穷。’一道智慧的光影，从老子的天空，沿着历史的时空，再到我们的心空。/ 一路闪烁。/ 最后，端坐在思想的圆心，抛出标准答案——‘不如守中！’”

定芳以“美言不信”这一章作为诗集的结尾。他写道：“美言原本是表达的一道风景，我们不能阻止他们的存在和行动。/ 美好的商品，不仅需要贴上精美的商标，更需要创意唯美的广告。/‘信言不美’！？ /‘美言不信’！？ / 不管是什么语言，你说不说由不得我，我听不听由不得你。”这好像是说美不美、信不信我是心中有数的。这一章也是《道德经》的结尾。老子发表了那么多言论，难免会引来非议，所以，在结尾这一章的开头就说：我的言论不漂亮，我也不会与谁辩论。最后老子留下临别赠言：“天之道，利而不害；圣人之道，为而不争。”

这部《临水而歌》文化散文诗集中，还有“善行无辙 ”“不为而成”“正言若反”“希言自然”“出生入死”“自胜者强”“大成若缺”“知者不言”“报怨以德”“被褐怀玉”“光而不耀”“利而不害”“美言不信”等若干精彩篇章。定芳从传承中华优秀传统文化的视角，用优美散文诗阐述其感悟与体会，展现自我内心世界的丰富、复杂与深刻的思考，读者通过《临水而歌》中

“道”“德”“善”三个维度的逻辑框架和每一章智慧箴言的散文诗解，就可快速把握每一章智慧箴言的文化要义。这种以古代哲学智慧箴言为支撑，进行生动有味、立论精奇的文学书写与当下之思，是一种大道之悟与践行之路的创举，开创了当代散文诗写作的先河。

叁

以当代散文诗艺术来阐释和发掘老子《道德经》智慧箴言的“微言大义”，同时又保持与原著哲学诗的境界，这实在是一个望而生畏的难题。定芳充分利用前人的研究成果，斟古酌今，通过文本所承载的思想之迹，融合自己的研究心得，将其智慧箴言与理性思考转化为高度凝练、启迪人心的诗化语言，用全新的视角推演出了一系列的诗解《道德经》的文学佳构，使其内心的情怀完成了一种写作的价值追求。《临水而歌》不仅对老子的哲学智慧有独到体悟，而且在诗解范式、鉴典方法、传承经典等方面都取得了新的突破，为文学阐释和解读古代典籍提供一种新的方向。

《临水而歌》开创出一种以散文诗解《道德经》智慧箴言的新范式。《道德经》博大精深，文约义丰，索解不易。古往今来，注本甚多，注家峰起，蔚为大观。《临水而歌》以散文诗阐释其中智慧箴言的文化要义，可谓文学创作的首次探索。它的最大特点就是没有延续以往一贯地对《道德经》作为学问进行训诂、考据、注释的方式，而是在自己深入的参研下，完全跳出了传统意义上学术与文化研究窠臼，从文学的角度，将这些智慧箴言融于一章章散文诗故事中，通过哲理化的意境、辩证化的语言、形象化的说理，组织、建构起诗解《道德经》智慧箴言的风格特质，把普通读者敬而远之的古代典籍变得平易近人，使大量玄奥深透

的智慧箴言变得通俗、可感、可亲，读者喜闻乐见，有力彰显老子思想的本有价值，让经典的价值表达走入人心，使初读《道德经》的人有吸引力，熟读《道德经》的好学者赋予新意，开创出一种独特的以散文诗解《道德经》智慧箴言的新范式，引起读者强烈的阅读兴趣，引发人们对老子哲学的深沉思考，引导人们走进老子深邃细密、巍峨壮观的思想殿堂，拓宽了散文诗写作的新视野，给当代散文诗界吹来一股清丽之风。

《临水而歌》建构了一种以“为道”而非“为学”的鉴典新方法。老子认为，“道”是天下万物的总源头，也是天下事物发展的一个总规律、总动力。把握了“道”，就是把握了宇宙万物，把握了生命，把握万事万物变化发展的规律。基于这样的哲学理路，老子提出了“为学”与“为道”的两种不同的把握世界的学问。他说：“为学日益，为道日损，损之又损，以至于无为。”（第四十八章）所谓“为道”，指对“道”的理性解悟、觉悟、体悟，它所获得的是智慧。所谓“为学”，指求知的过程，它获得的是一种具体的知识。定芳没有把《道德经》当成一种“知识”或者“概念”去把握，而是通过体悟、觉悟即“为道”的方法去整体接近老子，走进老子，倾听老子，感悟老子。也就是说，定芳是用自己的人生阅历、实际感受去审度老子的著作，以鉴赏的态度，在审美陶冶中去整体地品悟《道德经》哲学智慧的奥妙。老子是智慧的化身，他给人类的贡献，不是人们常说的知识，而是一种超越时空、完全突破了时间空间局限的大智慧、大情感。“道”虽然是对客观的科学表达和反映，但却难以与实际完全印证和吻合，我们只能由智慧所解，去渐悟老子智慧的深层玄妙。因此，我们说，定芳是真心实意地悟“道”，而不是夸夸其谈地论“道”。从这个意义上说，《临水而歌》建构了一种研读老子著作的新方法，并以文学形式直接呈现出来。

《临水而歌》开拓出一条传承和弘扬优秀传统文化的新路径。

《临水而歌》由“道法自然”“上德若谷”“上善若水”三个部分组成，从“道”“德”“善”三个维度，系统阐述阅读《道德经》的感悟和体会。定芳用散文诗将深奥的《道德经》智慧箴言通俗化表达，将古典话语体系进行现代转化，让更多的读者更容易理解并吸收其精华。我以为，定芳不是为散文诗而散文诗，而是用一种新的演绎方式传承、推广和普及老子的学说，寻找老子思想中能满足现代人所需求的哲学智慧，让更多的读者去熟悉、理解、走近这位中国文化史上最早最伟大的哲人的思想精华，为传统文化的传承创新探索出一条新路。

老子是中国的，更是世界的。老子《道德经》蕴含太多取之不尽、用之不竭的宝藏，在当代各个领域都流淌着无穷无尽的生命力，它蕴含的智慧为人们提供了解决难题的思想源泉。如无为而治的政治理念，上善若水的道德人生，营魄抱一的内圣修为，处下不争的处事原则，宠辱不惊的旷达胸襟，少私寡欲的朴实作风，慎终若始的行为操守，以德报怨的应世情怀，知人者智的选才之道，名遂身退的保身之术，有无相生的辩证思想，等等，完全可以和现代社会相适应。这些为人、为政、立世思想具有跨越时空、连接现实、面向未来、走向世界的恒久价值，充分彰显老子文化的独特品格。新时代如何发掘《道德经》中对当代仍有借鉴意义的思想闪光点，传承和弘扬其所蕴含的思想价值，对提高中华民族文化自觉与文化自信具有重大现实意义。鉴于此，希望有越来越多的学者、作家投身到传承和弘扬以《道德经》为核心的老子文化历史潮流中，将人类史上的最杰出的智慧传播开去，让芸芸众生共同分享老子留给人类的宝贵精神财富！

生存道德哲理的文学性言说

——读王定芳的系列散文诗《临水而歌》

夏国强

生存道德是个常谈常新的话题，当我们谈论生存道德时，我们在谈论什么？通读王定芳先生的系列散文诗《临水而歌》以后，这一话题又重新引起我对此的关注和探讨的兴趣。

法国文学批评家朗松曾指出：“认识一个文本，首先是了解它的存在。”所谓文本的“存在”，朗松认为，主要是基于文本是如何构成的？文本有无必不可少的独特性？如何确定文本的文学含义，也即如何确定其精神的、感情的和文学的价值。我以为，朗松的见解值得读者在解读文学作品时依循。

《临水而歌》是作者在研读《道德经》的基础上，发自内心感悟的集成，它因将生存道德哲理转化为诗化散文的文学性言说而独具特色，并因将“形而下”的现实语境与“形而上”的理想追求相糅合展开抒情表达，而具有可感受到的价值。

《临水而歌》是作者依据《道德经》的部分章节展开的哲理性抒情阐释。《道德经》本身就是由一篇篇语言优美的“哲理性散文诗”组合而成，蕴含着哲理性的诗意隐喻，可以说《临水而歌》即是以生存道德哲理文学性的言说对先贤老子表示敬意的作品。

《道德经》重在阐述生存道德的哲理，其中“人法地、地法天、天法道、道法自然”就是老子将天、地、人乃至整个宇宙的深层规律进行精辟概括并阐述的核心思想。而“道法自然”又是老子哲学的重要思想，它揭示了整个宇宙的特性，囊括了天地间所有事物的根本属性，寓意宇宙间万事万物均要效法或遵循“自然而然”的自然规律。《道德经》的重要意义就在于老子将辩证法的认识论深化为对实践的指导，即将宇宙间客观事物与人类社会的辩证思想的认识内化为对生存实践的具体指导。从《临水而歌》中不难看出，作者在研读《道德经》时是深有感悟的。

任何一个勤于思考的作家，对世间万物都应有有价值的思想认知，只有在对自己的思想认知有把握和信心十足时，才会激发起他内心清晰有力和欲引人注目的表达欲望，继而萌发不可遏制的写作冲动，《临水而歌》正是作者在这种情形下，对生存道德哲理进行有价值的探索的作品。作品中那些思维清晰、哲理透彻、抒情优美的语句随即浮现在读者眼前。

“比如，阴阳，变成太极的格局。简洁得让我们无话可说。/比如，东西，有时相隔千山万水，有时就是实际物件。/人，其实是没有反义词的。但我们总是在有无中探索，在难易中间奋进，在高下中沉浮，在音声中享受，在前后中争先，在远近间奔波，在轻重间掂量，在大小间平衡，在得失间抉择，在取舍间考量……”(《有无相生》)。“语言如风。人类灵魂与自然规律依靠风来沟通。/起风了，卷起沙尘般的语言，漫天飞舞，把自然界读个透彻。/风承载着思想方舟，荡漾在人与自然之间”(《正言若反》)。“有时，视而不见、若无若虚，或者置身事外、静气于心，也是一种人生态度和处事原则。/虚能容天地，静可纳万物”(《致虚守静》)。

《道德经》告诫世人一个颠扑不破的道理，即人类并非宇宙的主宰，揭示了宇宙是不以人类为中心的非人类中心主义的本质。人类须知，“不是你要早起，黎明就得提前”，人只是在“道”和“德”制约下生存的一个物种。“道”是普遍的宇宙过程，是事物发展过程的内在条理，而“德”是通过遵循“道”

来获得的，是指精神层面的“形而上”的存在，是指一种遵循“道”而获得的精神气质。任何事物只要按照“道”的理想结构进行安排，那么“德”就会延及至此，首先是个人，然后推扩至家庭和整个社会，正可谓“修之于身，其德乃真；修之于家，其德乃余”。

“道”和“德”的关系是王定芳研读《道德经》时尤其注重的，他谨慎地开启了“道”和“德”的大门，意图用新的视角去观察它；用新的言说去解读它；用新的思维去阐释它，于是思绪在他的笔端倾情飞扬：“天、地、人，时空三要素。/ 盛着一切存在和可能的鼎，离不开天时、地利、人和的三维支柱。/ 一柱一道，一柱一理，一柱一德。失一不稳，再失则倾，又失当覆。/ 三生无恨须循道，万物有爱方繁荣”（《三生万物》）。“大道不孤，万物一家。天道地德，是没有岁月的生命，是没有四季的年度，是没有生老病死的人生，是没有二十四节季的日历。/ 天地划出了道德的边界，将一切交付给万物。/ 万物繁衍生息，天地乐此不疲。/ 歌咏天长地久，何叹物是人非！？”（《善贷且成》）。智性的语句辩证地阐明，得道之人才是具有最大德行的人，正如“孔德之容，惟道是从”所言。同时也指出“道”的宗旨就是宇宙运行的自然规律，它最大的特质就在于持续的生生不息、诚如“绵绵若存，用之不勤”之说。

在赏析《临水而歌》时，我们首先应当意识到作者对《道德经》的感悟，超越了简单意识形态的思维模式，他从人性的表现和变化去观察社会，去思考人类生存的现实问题，重点思考当不良价值观充盈意识形态领域的时候，人类是否要引起足够的警惕并认真找寻应对的措施。这就提示我们需要领略文本的现实意义，把它放到现实语境中思量，并引导我们广泛关注当今社会思潮的变化和当前人类价值观念的转变，继而产生不可回避的深入思考。

我们不妨看看王定芳独特的思索，“为什么非要强调形式与内容的统一？ / 为什么非要强化理想与现实的吻合？ / 为什么非要求证我是自己，亦或自己是我？”（《营魄抱一》）。“消费成为了热气球，在生活中随风飘舞。不同表情的目光，仰望天空，紧盯着自己心仪的热气球，难以左右自己大地上的步履。/ 奢侈在透支节俭，任性在透支节制。/ 俭以养德，德厚才高；静以修心，心静性稳”（《益生曰祥》）。理性的语言意在言说，我们之所以强调形式与内容的统一，强化理想和现实的吻合，其实质就是追求“道”与“德”相融互促的最高境界。人类要合理地修身养性，以便在自然和宇宙之间寻找到适合生存的位置。

散文诗是诗和散文融合成一体的文体，既有诗的意象和意境，又有散文的飘逸和自由，体现出诗的散文化以及散文的诗化的特点。《临水而歌》具备了散文诗的典型特征，特别是作者在对《道德经》中“谷”“溪”“水”“门”和“根”等一些意象的领悟的影响下，观照现实语境深入思考和构思，用诗意的意象诠释了生存道德哲理的意义所在。例如：“燕子莞尔而笑，曼舞双飞，悠然吟咏：“心安即故乡，超然则豪宅。若心美，心外一切皆美；若心静，心外一切静好。负薪前行，欲而不止，惟心重如欲，岂能身轻如我？”（《燕处超然》）。“燕子”的意象喻义“超我”的人生追求，也从另一角度阐释出人类从“本我”到“自我”再到“超我”的人生境界精神升华的重要实质。又如：“美不自美，是春天的个性。美美与共，是春天的胸怀。/ 人多些，我们不浪费春天。站高些，我们不偏见春天。看远些，我们不辜负春天。/ 有时，平台比道路更突出，感悟比体验更深刻，眼光比目标更长远。/ 平台，是诗歌的分行，也是远方的驿站。有了平台，就将有诗和远方。/ 登上平台，点燃烽火，驱逐尘雾，照近渐行渐远的梦想”（《如春登台》）。“春天”的意象预言美好的时代和向往，而“平台”的意象则意指希望的基石和所在，赋予

了生存道德哲理新的含义，意象意境跃然纸上，读来犹如春风拂面，顿感远景近显，意深境远。

《临水而歌》思绪饱满、笔法灵动、语言唯美，不乏睿智的见解，源于作者洞悉人类社会和世道运行规律的思想认知及见解的水准，最终决定了作品的深度和广度。王定芳从当今时代的现实语境出发，对《道德经》的生存道德哲理展开新颖的阐释，用文学性的言说带给读者新的感受、新的启发、新的记忆。

人性都有相同的一面，不同的只是对道德意义认识的偏差，若以道德加以规矩和约束，则道行而德广矣！我与王定芳相识和交流以来，始终认为他是一个有作为、有才气、诚实友善、和蔼谦逊的人。“和其光。我就是光天化日之下的一粒光种，种植在天空之中，努力长出一片光芒。/ 我小如纳米，你不一定看到我，但我真实的存在着。并且，能照耀身心。/ 同其尘。”以一首唐诗注册自己，踏歌起舞：“白日不到处，青春恰自来。苔花如米小，也学牡丹开。/ 与光辉和谐一体，与尘埃协同一致。仰面阳光，摆正位置；俯视尘土，打成一片”（《和光同尘》），这正是王定芳的自我写照。当一个人具备了良好的道德规范，便拥有了诚实、正直、谦逊、公平、正义的品质，它们将一直伴随他行进在道德阳光普照的路上，却从不会背叛他。王定芳对生存道德哲理的不懈追求，难道不也是我们共同为之追求的吗。

生存道德哲理其实就是解决生存道德难题的根本遵循，《临水而歌》给予读者生存道德哲理永存的文学性启发，为解决这一难题提供了现实意义的参照。“人生不是关于你能实现什么，而是你能成为什么”，人生在世，更多的时候还是需要以道德实践证明自己的存在。唯愿我们能在道德的光芒照耀下，荡涤一切笼罩在生存道德意识形态领域上的阴霾，“拾起思想的脚印，行走为天之道”。

放下《临水而歌》，掩卷回味，我的思绪又回到生存道德的话题上，王定芳的作品表明这个话题是内涵哲理性的，并可以通过文学性的言说而让读者难忘。“唯有用心，生命难忘。唯有真心，爱情难忘。唯有爱心，故事难忘。”说得真好！有了这篇令人“难忘之作”，我确信他还会创作出融入用心、真心和爱心的佳作，再次让我们难忘。

以散文诗的轻盈传承古典成语跌宕的哲理

——读王定芳的系列散文诗《临水而歌》

孟祥生

真的想不到，王定芳先生是在何种坚不可摧的精神驱使下，一头扎在《道德经》古典成语堆里以散文诗的艺术语境，在文字里把自己走成低逊哲理的风。隔着夜的长岸，我反复审视这篇篇优雅清洁光整的文字，以及文字背后妥帖的世间哲理，这些天地通透、清澈细润的作品，在轻盈愉悦的诗意中完成宏大气势的语言阐述。《道德经》里那些传统的、智慧的、哲理的、最原始的光芒词汇，被赋予新的寓意，在文章的湖面上，在金色的阳光照耀下，像银子一样闪着粼粼之光。

我没有见过创作状态的定芳。但他研读《道德经》所撰写的《临水而歌》系列精粹的散文诗文学作品相继刊印后，如梨花雪落，好评连连。他从《道德经》古籍成语里出发，从老子本初的思想出发，与现实深度融合，把握时代脉搏，实现散文诗语境哲理寓意新创，在低调谦逊的个人生活感悟中寻找世间万物普遍规律，体会道德高尚的愉悦至境。在清醒的文字世界里，坚守着一颗理智和温暖的高贵凡心。这种读典写诗的新载式，在丰富写作文本的同时，已完成内心与先贤的隔空对流。

鲁迅先生曾说："不读《道德经》一书不知中国文化，不知人生真谛！"。

说《道德经》是最能代表中国古典智慧的书籍，我想，这没人怀疑。李零先生说，中国典籍传入欧洲约400年，他们挑来挑去，看中的就是《道德经》《论语》《孙子》《周易》这四本书，译本最多。足见先秦时代中国思想史和中国学术史的灿烂辉煌。

《道德经》五千言（其实是五千二百多字），已流传二千五百多年。其以“道”解释宇宙万物的演变，以为“道生一,一生二,二生三,三生万物”，“道”乃“夫莫之命（命令）而常自然”，因而“人法地，地法天，天法道，道法自然”。老子认为，“道”在天地存在之前，它无形、无体、无声，既看不见，又听不到，更摸不着，但它孕育着世界万物。宇宙中的四大，人也是其中之一。人为地所承载，所以人当效法“地”；地为天所覆盖，所以地当效法“天”；天为道所包含，所以天当效法“道”；道以自然为归，所以道当效法“自然”。老子的逻辑推理能力是非常强的，所以才提出了“道可道，非常道”的观点。“德”不是我们通常以为的道德或德行，而是修道所应必备的特殊世界观、方法论以及为人处世的方法。修道不修德，就很难理解《道德经》的精髓。“道”与“德”合二为一，才是《道德经》的纲领。所以，修“德”一者是为修道创造良好的外部环境，这是人之所需；二者修道者更需要拥有宁静的心境、超脱的人生、与世无争的心态。德是基础，道是德的升华。定芳研读《道德经》所写《临水而歌》系列哲理性散文诗，其透彻的感悟意在传承国学经典，与圣哲遥相呼应，昭示引诫自己抑或人们，万物运行是有规律的，应遵循着物极必反的自然定律，凡事不可走极端，如果走极端事情就不会向着好的方向发展。

定芳在创作上属于刻苦勤勉、聚精会神之人，我认为其在研读《道德经》的“悟”上下了一番硬功夫。客观地说，《道德经》原本的关注焦点是形而下的。钱钟书先生说，《道德经》所谓师法天地自然，不过是借天地自然来做比喻罢了，并不真以它们为师。从水的特性上悟到人应该“弱其志”，从山谷的特性上

悟到人应该“虚其心”，这种出位的异想、旁通的歧径，在写作上叫作寓言。通读定芳的哲理性散文诗，不难看出，其显然深悟其理。定芳发来《临水而歌》专著中的十八个篇（章）精美散文诗作品，涉及《道德经》中十八个典籍成语，且多为人们耳熟之成语。如：多言数穷、天长地久、希言自然、道法自然、善行无辙、自胜者强、大成若缺、不为而成、知者不言、正言若反等等。篇章中透着修身、处世、低逊的智哲。其灵感的源泉，在字里行间浸润出思想认知和体现出传承演绎典语的价值观念。

国学经典《道德经》博大精深、源远流长，每一章都显示出国学精华的深厚根基。研读《道德经》，可以开启心智，滋润生命，陶冶人格。我想作者研读的本意，也是想通过传统国学来陶冶自己的情操，传承中华优秀传统文化的文脉，开阔自己的心胸和提高安身立命的修养为出发点和落脚点的。

《道德经》囊括天地万物起源，也是哲学思想的重要来源。万物在天地间依照自然法则运行，就不会偏离轨道。人是大自然的一部分也须依照自然法则规律应对变化，不按规律行事，不按套路出牌，自然就偏离了行为轨道和做人做事的原则。就破坏了规矩，也不能保全自身。《道德经》所蕴含的道理，实在是太大了，千人读典，千人前面，风景各异，但殊途同归。而作者读典，是将体悟转化为衣袂飘飘的散文诗，让读者轻松愉悦的同时，也荡涤了自己忙碌的心灵。比如：“言由心生 / 推开一扇窗，将灵魂在语言下曝光 / 最真的初心，事理的底片，被语言冲洗成相 / 语言，披上角色的外衣，先让自己美丽起来 / 然后，感动他人 / 尽其所能地包装和推介，以展示自我的丰富与深邃。……然而，物极必反 / 一无所有，绝对贫困 / 拥其所有，并非富贵。不言不行，言多必失 / 两难，仿如永远不会生锈的锁 / 锁住真相 / 语言如水，经过口腔，川流不息。……”(《多言数穷》)。又如：“人类说话叫语言，天地表述用风雨 / 飘风吹成灾害，骤雨流成洪涝。我终于禅悟了什么是话多如水 / 有时，就是说话多了，也无法左右别人的行动，更不可能篡改自然的规律 / 如同水流的快慢，主宰不了时间的亘古节奏，河流的干涸与暴涨，更改不了四季的如约交替 / 人心叵测。自然如故 /……沉默，是对自信的忠贞；变化，是对自强的坚守；希言，是对自然的遵循 / 言不由衷，不如不言；言而无语，不如不言；言行相向，不如不言。”(《希言自然》)。多言，属于说教，是想将自身的想法灌输给他人，在志得意满的时候，往往多言多败。狂风不过午，暴雨不过天。作者以现代散文诗的形式创新典籍成语新解，是和《道德经》在思想哲理上一脉相承的。是想通过人们熟悉的自然规律现象来阐释遵循自然规律的大道和大德，天地生养万物它只是按照道的规律准则来进行，人生活在世间，也要遵循规则。虽然“良言一句三冬暖”，但言而无语，不如莫言，慎言抑或少言。世人常说，你不说，也不会把你“当哑巴卖了”。但多言，有可能真的把自己“卖了”。人生在世，按照“道”和“德”行事的、有修养的人，人们都愿意与其和谐相处。语言，如打铁时的“火候”，虽然掌握在自己口里，但这个“火候”的运用，就是遵道贵德而行。

定芳在研读《道德经》时，其实一直在思考用现实和当下的文学语言，对古典成语赋予新时代多元化的深层解读。也一直在思考，老子在当时那个年代，写下这些哲理性的文字，这些文字的核心价值观是什么？为什么历代先贤都乐此不疲、苦心攻读、手不释卷？这是每个人都想知道的。这就是对攻读经典、传承经典的态度。于是，写下了赋予道法自然、顺应规律、厚德载物的个人感悟的文字。“天之下，地之上，是人间 / 人是时空的一种存在，也是万物之一。在天地间，见证时空亘古和万物生息 / 立足大地，仰望天空。与物类比，掂估自己的分量，扮演自己的角色，摆正自己的位置。……/ 以天为榜样吧，唯自强不息，方

苍天长存。以地为表率吧，因厚德载物，故大地永久。以人为镜鉴吧，用爱人的言行必然照出人爱的结果 / 敬天，重地，爱人。……/ 天行道则长，地运德将久。”(《天长地久》)。在原文中，天长地久，是在我们所能观察和理解的范围内，唯有天与地是长存的，永恒的。也是我们祝福他人的美好词语。正如定芳所言，“敬天，重地，爱人”所包含的寓意，是把个人得失、利益、情感和命运置之度外，这是一种无私的精神，也是奉献精神，只有这种精神，在世间才能天长地久。也就是不为自己，而是为别人、为大家，为社会奉献的精神。我们新时代也恰恰需要这种精神。只有无私之人才是一个有“道”和“德”的人，才能天长地久。优雅的散文诗句，深具智慧，也深明其理，透着低逊处事的哲理光芒。

反复细品《临水而歌》哲理性散文诗，认为作者对《道德经》典语的感悟和理解，以及在华丽飘逸的语言表述形式和哲理内涵上，已胜过分散在段落里的文字和载体本身。同时，也提升了散文诗理性的独特魅力和对典语创新的存在，以及没有流于形式的主观感受。其通过传统典语，重新审视人类生活的方方面面，用现代视角以哲学的标准重新解读人生百态，世间万象，去思考、去忖量传统观念和现实社会“道”与“德”的规范与启示。大道空虚，包容一切，我们在当下应该遵循什么？提倡什么？怎样树立正确的人生观和世界观？这是读典写诗的要义。“大地上有什么，你就能走出什么样子。大地有万物，你在天空走成万象。甚至，走出大地上没有的景象 / 风吹过大地，然后以炊烟的方式，冉冉升起。于是，你借风而行，走出风云。……/ 仰望天空中无时不在运动的你，我油然想起时光在争分夺秒的奔走，想起生命在一时一刻的流逝 / 你行走的时候，时而低沉山川，似乎触手可碰；时而高远苍天，让人可望不可及；时而行云流水，时而轻歌曼舞，时而天马行空，时而循规蹈矩……/ 苍穹之上，善行者，方为天使 / 天空中，你是最善于行走的使者。”（《善行无辙》）。“从来没有听到太阳说过一句话，也从来没有看到哪一天太阳少了一丝光芒 / 太阳的恩赐是智慧供给。就像植物，只关乎顺其自然地成长，不在乎滥情矫饰的推介。能够光合作用，就心满意足了 / 感恩无言，这是阳光最喜欢的方式 / 果实是花朵凝固的语言，用成熟证明一切 / 粮食是五谷沉默的语言，闪烁着金色 / 夸夸其谈，一时耳娱。撕开言语的背面，是一扇冏斜的后门。如处茫然境地，找不着北，摸不清南。”（《知者不言》）。作者在散文诗里以自然优美语言，对照典语深入挖掘和体现现代社会精神实质，从历史文化的高度对现实社会进行了真挚坦率而又深入的剖析，映现散文诗的独特创见及其通向的诗学意蕴的融合，让读者看到了中国新时代文学平台交流的宽阔与丰饶景观。如作者所言，“一秋镜湖，读懂四季。一行雁阵，演绎人生”。

历代学者都在研讨和考释老子的著作，远的不说，近代的中国哲学史开山鼻祖有两位先生，一位是胡适，一位是冯友兰。胡、冯二人是中国近代学术史上的竞争对手，先后都曾留学哥伦比亚大学，他们对老子著作的研讨和见解，也体现了百家争鸣和当时的中国文化新方向。

读罢定芳《临水而歌》系列哲理性散文诗作品，个人认为，作品有一种低逊、清醒的格局意识，绝对是脱俗而不离尘的。历史典籍看似高悬于人类上空，但落脚点都是以“厚德载物”的大地所承载，所以是不离尘的。那么，以散文诗为载体，不离尘的传承古籍的优秀作品，就有了人间烟火气。这种烟火气里，便有了坚守和传承中华古籍文化，提炼、展示、创新中华古典文化的精神标志和文化精髓的可信、可爱、可敬的一面。同时，作者通过对典籍的精研细读，在创作散文诗时与现实保持着诗意的共振状态，并形成具有相同价值倾向的文字。这不仅让读者感受到作者与作品的彼此撞击，还感受到“传统文化认同”价值所在。

与众多熟悉定芳的作家一样，大家普遍认为，其是低调谦逊、平和务实、真诚友善且有实学之人，他努力研读《道德经》和以散文诗的形式认传承古典哲学的意蕴，以饱满的热情、充满锐气的诗锋和而张弛有度的词句，让读者看到一种创新和坚守的精神可贵。他的散文诗呈现出传承古籍的一种勘探、沉潜、谦恭之态，气势宏大的底蕴背后，同样是哲理含蓄、温婉、细腻的风格。

《道德经》是中华文化思想中的一座高峰，无数贤士都曾在其中领悟到修身、养生、处世及治政之道。而定芳所著《临水而歌》系列哲理性散文诗，将传统国学经典与当代散文诗创作推向一个新起点。也让我们看了古典哲学与现代散文诗高度融合诗意潮汐的跌宕，是那么宽阔与美丽！

后记

且读且思且作文

中华优秀传统文化源远流长、博大精深，是中华文明的智慧结晶。挖掘中华优秀传统文化的思想观念、人文精神、道德规范，把艺术创造力和中华文化价值融合起来，把中华美学精神和当代审美追求结合起来，激活中华文化生命力。这是一种文化传承的时代使命。

国学经典是中华优秀传统文化的经久载体、精神积淀和思想结晶。一路前行，走过风雨明晦，方知阳光弥足珍贵；人到中年，历经人事是非，更觉读书不可或缺。尤其是国学经典，读着读着，或多或少都能让人顿悟一些人生事理。再用一些文字把一些思考碎片化、片段式地记录下来，读思贯通，知行合一，守正笃行，久久为功，努力完成一种系统性、集成化的思维逻辑演示。这就是作文的功能与价值。

《道德经》既是中国哲学的开山之作，也是中华优秀传统文化中的经典著作。今天很多脍炙人口的成语，都可以在《道德经》中找到其思想文化根源。成语是思想文化简洁的阐述和深邃的表达。就像一束光，可以照亮一片夜空。譬如，“大道至简”“大音希声”“大象无形”“道法自然”“上德若谷”“上善若

水”，等等。《道德经》中每一个智慧的成语，都是一道文化光芒，在思想的时空熠熠闪耀。

从文学表现形式看，《道德经》81 章就是散文诗古典的文本范例。作为新时代一名散文诗写作爱好者，有责任用文学表现形式来学习领悟中华优秀传统文化。我尝试着用散文诗方式来记录自己阅读《道德经》后的一些所思所想。在反复阅读《道德经》的基础上，从中精选人们熟知的 60 个 4 字成语，用散文诗的方式阐述其中的文化要义和思想内涵，每章 500 字左右，以保持其整体协同性。再分别从“道”“德”“善”3 个文化维度将 60 章散文诗分类为 3 辑：第一辑“道法自然”，突出“道”这一文化元素，有散文诗 20 章；第二辑“上德若谷”，突出“德”这一文化元素，有散文诗 20 章；第三辑“上善若水”，突出“善”这一文化元素，有散文诗 20 章。

《道德经》中关于水的论述、水的意象很多，81 章中直接描述水的计 13 章 16 处。可以感悟到，老子非常关注水，水对他思维启迪似乎无处不在。水，成为他的思维之源、思维之流、思维之河。阅读《道德经》，我们仿佛看到了一位圣贤智者，终其一生都在沿着历史的长河临水而歌。歌道、歌德、歌善，歌自然规律，歌天地道理，歌人间大义。在其临水而歌的引领下，中华文化的河流江海源远流长、奔流不息，天长地久和其光、上善若水向远方。

大好春光，应当普照背负希望行走的人们。作为散文诗人，有责任传承中华优秀传统文化。独自阅读，首先得让其照耀自己。然后选择散文诗连线，启动灵犀开关，点亮你我的精神家园。写作每一章散文诗，我都当作一个课题，经历着研读、深思、顿悟、阐述的过程。学习思考没有感悟，就静心认真读书。找不到表述切入点，就先暂时放下让沉思积淀。一旦有了创作冲动，就即时运用顺势让思维迸发。有时，面对一个题目，怎么也找不到灵感，难以下笔，于是再读书再学习再思考，直到灵感来临，就紧紧抓住，及时写作。

在文本探索上，我坚持守正创新，切实做到古典思想的现代表达，尽可能彰显多元化和灵活性，适时运用藏头诗、顶真、元曲句、脚注等表现手法，以增强诗文的哲思性和文学性。比如，《大象无形》开篇就写道就是“大致细微不成象。无迹可循乃真形”。《上善若水》藏头诗与顶真融为一体——“临水而歌：上则上岸如登从善，善则善于泰然自若，若则若果心即此水，水则水能处下居上。”《道法自然》中不仅用了藏头诗的表达方式：“道理当讲人仁义，法则必遵地势坤。自由无拘天行健，然后有序物兴生。”还用了元曲中的独有句式：“人、人、人，万物分之一；地、地、地，履责载万物；天、天、天，督促皆自强；道、道、道，人地天法规。”

在创作实践中，自己一直有着这样的初衷：片言只语，如果有一两句话让你有所触动，就足以让我欣慰；探索守成，哪怕只是萤火虫般的星火，也是初心燃烧的展现。

最后，真心感谢著名作家、文化学者何士光先生为《临水而歌》写序，著名书法家、画家戴仲光先生为《临水而歌》书名题字，中国戏剧家协会会员、二级美术师、著名艺术家韦正彬先生为《临水而歌》设计图书封面。同时，真挚感谢给予我写作上精心指导、大力支持的中国作家协会会员、黔西南州作协主席戴时昌，中国作家协会会员、第十三届全国少数民族文学创作骏马奖获得者、著名诗人牧之，中国作家协会会员、著名作家蒙荣荣等良师益友。

2024 年 8 月 8 日晨于言心斋

项目策划：段向民
责任编辑：沙玲玲
责任印制：钱　宬
封面设计：韦正彬
书名题字：戴仲光

图书在版编目（CIP）数据

临水而歌 / 王定芳著 . -- 北京 : 中国旅游出版社，2024. 11. -- ISBN 978-7-5032-7465-7

Ⅰ . I227.6

中国国家版本馆 CIP 数据核字第 2024M4V080 号

书　　名：临水而歌

作　　者：王定芳　著
出版发行：中国旅游出版社
（北京静安东里 6 号　邮编：100028）
http://www.cttp.net.cn　E-mail:cttp @ mct.gov.cn
营销中心电话：010-57377103，010-57377106
读者服务部电话：010-57377107
排　　版：小武工作室
经　　销：全国各地新华书店
印　　刷：三河市灵山芝兰印刷有限公司
版　　次：2024 年 11 月第 1 版　2024 年 11 月第 1 次印刷
开　　本：787 毫米 × 1092 毫米　1/32
印　　张：5.625
字　　数：143 千
定　　价：80.00 元
ISBN　978-7-5032-7465-7